KAREN CUSHMAN
DIE BALLADE VON LUCY WHIPPLE

Karen Cushman

DIE BALLADE VON LUCY WHIPPLE

Aus dem Amerikanischen von
Bettine Braun

Mit einem Nachwort der Autorin

Gabriel Verlag

Für meine Eltern, Arthur und Loretta Lipski,
die mich nach Westen brachten,
und für Phyllis

Deutsche Erstausgabe 1998 im Gabriel Verlag GmbH, Wien
Titel der amerikanischen Originalausgabe:
»The Ballad of Lucy Whipple«
First published by Clarion Books, a Houghton
Mifflin Cie. Imprint, New York, 1996

Aus dem Amerikanischen von Bettine Braun
Einbandgestaltung von Henriette Sauvant
ISBN 3-7072-6569-2
Herstellung: Die Druckdenker GmbH, Wien
Druck: Druckerei Theiss GmbH, A-9400 Wolfsberg
Printed in Austria

ERSTES KAPITEL
Sommer 1849

In dem ich nach Kalifornien komme, einen Abhang hinunterrutsche und schwöre, dass es mir schlecht gehen wird

»Mama«, sagte ich, »du hast doch behauptet, das Gold liege hier überall auf der Straße. Aber es muss wohl unter all den Eidechsen und vertrockneten Blättern und dem Maultiermist versteckt sein. Ich sehe jedenfalls nicht das Geringste, für das es sich lohnt sich zu bücken.« Es war nur vor mich hin gemurmelt, aber am liebsten hätte ich es herausgeschrien, denn ich war traurig, wütend und elend. Mir war schlecht vom Geschaukel des Wagens, mein Hinterteil tat mir weh vom Gerüttel der Holzbank und der Kopf brummte mir von zu viel Sonne und zu heftigen Gefühlen.

Es war ein heißer Tag Ende August und nichts regte sich in der Hitze außer den Fliegen, als unser Wagen aus dem Wald herausrollte und am Rand einer Schlucht stehen blieb. Dunkle Nadelbäume ragten hinter uns empor und die Abhänge waren so dicht mit Gestrüpp und Bäumen bewachsen, dass sie fast schwarz aussahen, während über all dem eine grelle Sonne von der blauen Himmelskuppel herunterbrannte. Es war totenstill und alles wirkte grenzenlos. Die Leute nannten den Anblick später majestätisch, großartig, eindrucksvoll, herrlich. Aber ich nicht.

»Schrecklich«, sagte ich und kletterte aus dem Wagen. »Einfach schrecklich.« Und ich dachte sehnsuchtsvoll an idyllische

Fleckchen, an Laubbäume, unter deren ausladenden Ästen man sich verstecken konnte, an den großen Sessel in Oma Whipples gemütlicher Wohnstube mit den hübschen Vorhängen an den Fenstern, an die Zuverlässigkeit von Opas starken Armen, an Häuser mit steinernen Mauern und Holzterrassen.

»California Morning Whipple, hör auf zu träumen! Komm her und hilf mir«, rief Mama. Ich rieb mir mit dem Handrücken über das sonnenverbrannte Gesicht und gehorchte widerstrebend.

Wir weckten die Kleinen und mussten sie neben dem Maultier und dem beladenen Wagen den schmalen Hohlweg hinunterschieben und ziehen. Sierra, die erst zwei war, fiel ein- oder zweimal hin, und da nahm Butte, der sich mit seinen zehn Jahren schon ganz erwachsen fühlte, sie auf die Schultern, wobei er sich weiter gegen den Wagen stemmte, damit er nicht zu schnell hinunterrollte. Ich fiel auch hin, aber da niemand da war, um mir zu helfen, klopfte ich mir den Staub von der Schürze und schlitterte weiter neben Sweetheart, dem Maultier, dahin.

Die letzten Meter rutschten und stolperten wir Hals über Kopf, bevor wir zum Stehen kamen. Alle einschließlich Sweetheart glühten vor Hitze, waren schweißbedeckt und schmutzig. Alle, *vor allem* Sweetheart, waren müde und hungrig und froh, es hinter sich zu haben.

Mama und ich standen da und sahen zu der Ansiedlung am Fluss hinüber. Die heiße, staubige Luft brannte mir in der Nase und stach mir in die Augen.

»Du meine Güte, schau dir diesen Flecken Erde an, California«, sagte Mama. Ich schaute ihn an. Die Erde war von der Sonne verbrannt und kahl bis auf ein paar Sträucher hier und da. Kleine Zelte, Hütten und reisiggedeckte Verschläge drängten sich am Flussufer. An dem staubigen Weg, der die einzige Straße bildete, flatterten ein paar große, schäbige Zelte im

Wind. Auf dem größten stand *sulune* – es sollte wohl *saloon* heißen und war nur falsch geschrieben, aber die Leute schienen genau zu wissen, was gemeint war, weil es drinnen hoch herging. Heiß heulte der Wind; die Zelte schlugen und knarrten; der dichte Staub vermischte sich mit dem Rauch hunderter Kochstellen und färbte sich rot in der untergehenden Sonne. Ungefähr so stellte ich mir die Hölle vor.

Ich griff nach Mamas Hand. Jetzt würden wir natürlich wieder umkehren. Sie musste ja furchtbar enttäuscht sein. Mama und Pa hatten lange davon geträumt in den Westen zu gehen, ja sie hatten sogar die ganze Familie nach Orten im Westen benannt: mich, die Erste, California Morning Whipple; dann Butte, Prairie, Sierra; Golden Promise, das Baby, das gestorben war; Ocean, und den Hund Rocky Flat.

Als Pa und Golden im Herbst 1848 an Lungenentzündung starben, sagten die Leute zu Mama: »Vergiss deine Träume, Arvella, bleib, wo du bist, und kümmer dich um deine Kinder.« Aber Mama setzte immer ihren Kopf durch – sie war störrisch wie ein Maultier, das sagte sogar ihr eigener Vater. Nachdem sie eine Weile über den Verlust getrauert hatte, holte sie tief Luft und richtete den Blick nach vorn. Butte, Prairie und Sierra ließen sich von ihrer Unruhe anstecken, aber ich lebte wochenlang in der Angst vor dem, was Mama wohl vorhatte, denn ich merkte, dass unser Städtchen in Massachusetts ihr zwei Nummern zu klein war. Nachts träumte ich von wilden Stürmen, die uns auf einsame Inseln trugen, von Wirbelwinden und Wasserstrudeln, von Seeungeheuern, die die ganze Whipple-Familie verschlangen einschließlich Rocky Flat.

Mama hatte kein Verständnis für mein zimperliches Getue, wie sie es nannte. Sie verkaufte das Haus, den Stall und das Vorratslager, gab Harold Thatcher von der Mühle den Hund, packte unsere Habseligkeiten zusammen und verstaute uns im

Frühjahr auf einem Schiff mit zerschlissenen Segeln, das uns zu den Goldfeldern Kaliforniens bringen sollte, wo unser Glück auf uns wartete.

Als wir ziemlich abgebrannt im Schmutz und Unrat landeten, der die Bucht von San Francisco sein sollte, sagte Minnie Oates, die aus Connecticut gekommen war, um ihren Mann zu holen: »Mach dir doch nichts vor, Arvella. Da geht's ja meinen Schweinen zu Hause besser. Am besten macht ihr euch gleich wieder mit uns auf den Weg nach Osten.« Aber Mama wollte nicht zurück. Wir blieben noch acht Tage im Hafen auf dem Schiff, das der Captain und die Mannschaft verlassen hatten, um sich auf die Goldfelder zu stürzen. Bald schon marschierte Mama in ihrem schwarzen Kleid, einen Hut mit frischen Blumen auf dem Kopf und ein Exemplar des *Goldminenführers für Emigranten* (25 Cent, 12½ Cent ohne Landkarte) in ihrem Beutel nach San Francisco, redete mit Gott und der Welt und fand auch tatsächlich einen Job: Sie würde eine Herberge in einer Goldgräberstadt übernehmen. Wir fuhren auf einem Dampfer nach Sacramento und dann nach Marysville, wo sie uns Kinder in einen Wagen verfrachtete, Oma Whipples Kupferkessel in einem Laden gegen ein Maultier eintauschte und uns drei Tage lang über Stock und Stein durch ein wild zerklüftetes Land mit seiner stechenden Sonne und seinen eiskalten Nächten schleppte.

Die ganze Zeit hielt ich nach dem Gold Ausschau, das hier überall herumliegen sollte, nach den Früchten, die von den Bäumen hingen, all den wunderbaren Möglichkeiten, von denen Mama gesagt hatte, dass sie uns in Kalifornien erwarten würden. Aber ich sah nichts als Nadelgestrüpp, Schmutz und die Sonne – und kaum einen Menschen außer hie und da Indianerinnen, die am Straßenrand Eicheln mahlten. Sie hoben den Kopf, als wir vorüberfuhren, und ihre tätowierten Gesichter erschreckten mich so, dass ich mich für den Rest des Tages unter meiner alten geblümten Decke verkroch und um meinen Pa, mein Zuhause und alles, was mir lieb war, weinte. So kamen wir in Lucky Diggins an, nachdem wir ein halbes Jahr auf dem Segelschiff, dem Dampfer und dem Wagen verbracht hatten, mit nichts weiter als zwei Rosshaarkoffern und einem Korb, der früher dem Transport von Hühnern gedient hatte, mit unseren Habseligkeiten drin.

Und dann waren wir da. Mama seufzte tief. »Schau dir dieses Fleckchen Erde an«, sagte sie wieder. »Ist es nicht großartig?«

»Oh Mama! Großartig?« Für mich sah es aus wie die Wüste, in der Jesus vom Teufel versucht worden war. »Du hast gesagt, dass wir hier unser Glück machen würden, aber ich sehe nirgends eine Spur von Gold. Nur Steine, Löcher und Eidechsen.«

»Schau dich doch um, California«, sagte Mama. »Schau, was das Gras für eine schöne Farbe hat, wie sich das Licht in den Felsspalten fängt und wie die Bergspitzen im Abendrot aufleuchten. Du musst nur die Augen aufmachen, dann siehst du überall Gold.«

»Mama, ich mach ja die Augen auf. Ich sehe aber keine Schule, keine Bücherei, keine Häuser. Mama, ich will wieder nach Hause.«

Mama sah zu den hohen Bäumen, den Bergen und dem klaren blauen Himmel auf und lächelte. »Wir *sind* zu Hause, und wir werden glücklich sein hier.«

Ich starrte in den Staub zu meinen Füßen. Glücklich? Jetzt, wo man mich wie einen Lastkahn um zwei Kontinente herumgezerrt hatte? Und ohne Großmama und Großpapa? Ohne Freunde, ohne Schule, ohne das große Schlafzimmer mit Oma Whipples Quilt auf dem Bett und dem uralten Apfelbaum vor dem Fenster? Glücklich? Nie im Leben.

Liebe Großmama, lieber Großpapa,

also da sind wir, nachdem ich die ganze Ostküste der Staaten entlang, um den ganzen Kontinent von Südamerika und die Westküste hinauf bis Kalifornien gespuckt habe. Eure Tochter Arvella und Butte und die Babys sind das, was die Matrosen »seefest« nannten, und liefen munter auf dem ganzen Schiff herum. Alles, was ich fünf Monate lang sah, war der Boden der Koje über mir. Ich bin sehr dünn geworden. Butte sagt, dass ich ausschaue wie eine gekochte Hexe.

Mama hat jetzt eine Arbeit gefunden; sie führt eine Herberge für Mr. Scatter, dem der Saloon und der Kaufladen hier in Lucky Diggins gehören. Er sagte, er sei mit einem Whiskykarren herumgezogen, bis sein Maultier hier verendete und er einfach blieb. Die Herberge besteht aus einem Zelt. Ebenso der Saloon und der Kaufladen. Ich glaube, wenn man hier stirbt und in den Himmel kommt, ist er auch ein Zelt. Nur größer.

Lucky Diggins hat nicht viel von einer Stadt – es besteht nur aus Zelten, Steinen und Wind. Außer Mr. Scatter, seiner erwachsenen Tochter Belle und uns scheinen alle Einwohner Goldsucher mit lauten Stimmen und schmutzigen Gesichtern, Stachelschweine und Grizzlybären, Eidechsen, Schlangen und Vögel zu sein. Es ist furchtbar heiß und es sieht überhaupt nicht aus, als sei es schon Spätsommer. Es gibt keine roten oder orangefarbenen Blätter. Es gibt eigentlich überhaupt nur Nadelbäume und fast keine Laubbäume. Mr. Scatter sagt, dass die kalifornischen Bäume ihre Blätter früh verlieren, weil der Sommer so trocken und heiß ist. Ich glaub, sie sind runtergefallen und nach Massachusetts geweht. Und das würd ich auch am liebsten tun.

Hier gibt's keine Schule und keine Leihbibliothek, keine Bank, keine Kirche, kein Gemeindehaus, keine Zeitung, keine Kaufläden, keine Partys oder Picknicks, keine Eier, keine Milch und – was das Schlimmste ist – keine Großmama und keinen Großpapa.

Ich vermisse euch sehr, Großmamas Umarmungen und ihren Mandelpudding mit frischer Sahne, Großpapas Lachen, das klingt, als würde eine Lokomotive losfahren. Ich könnte doch nach Hause kommen und bei euch leben, oder? Und dann in dem Zimmer schlafen, in dem Mama als Kind gewohnt hat. Bitte schreibt mir und sagt ja.

Ich bin jetzt zwölf. Gestern war mein Geburtstag, aber niemand hat dran gedacht, nicht mal ich.

Eure euch liebende Enkelin
California Morning Whipple,
ehemals Buttonfields, Massachusetts, jetzt unfreiwillige
Bürgerin von Lucky Diggins, California

ZWEITES KAPITEL
Sommer 1849

In dem wir uns niederlassen und ich beschließe meinen Namen zu ändern

Es war ein heißer und stiller Tag und ich wollte mich vor Mama verstecken, was gar nicht so einfach war an einem Ort, der nur aus zwei zusammenhängenden Zelten bestand. Schließlich lief ich hinaus zum Klohäuschen, das klein und eng war und in der heißen Sonne fürchterlich stank, aber in dem man allein sein konnte.

Ich hockte auf dem rauhen Holzbrett und weinte vor Heimweh und verzweifelter Sehnsucht nach Pa, nach Golden, die in der Erde von Massachusetts begraben lagen, nach Oma Whipple, die letztes Jahr gestorben war, und Opa Whipple, den ich überhaupt nie gekannt hatte, nach dem armen, widerstrebenden Rocky Flat, der von Mr. Thatcher weggezerrt wurde, nach Großmama und Großpapa, die ich noch vor mir sah, wie sie mit ihren roten Taschentüchern winkten, als das Schiff den Hafen von Boston verließ. Und dann musste ich noch an die schmiedeeisernen Zäune und an die Icecream-Partys denken und darüber weinen, dass ich in dieser fremden, ungeliebten und unerträglichen Wildnis leben musste, als ich Mama rufen hörte.

»California, wo zum Kuckuck steckst du denn? California!«

Ich sah unter der Klotür ihre Füße und hielt den Atem an, bis sie wieder weg waren. California! Was für ein unglückseliger Name. Niemand in irgendeinem Buch, das ich gelesen hatte, hieß California. Zu Hause hatte ich mir nie Gedanken über meinen Namen gemacht, weil es dort nur irgendein Name war wie Patience oder Angus oder Etta Mae. Aber in Kalifornien war es nicht einfach nur ein Name. Es war ein Land, eine Leidenschaft, ein Versprechen. Es war ein Name, der die Leute auf mich aufmerksam machte, auf den sie mich ansprachen, an den sie sich erinnerten und der Erwartungen weckte. Auf jeden Fall war es nicht der richtige Name für mich.

Da lehnte ich mich auf dem Klositz zurück, stemmte meine Füße gegen die Tür und zerbrach mir den Kopf über einen neuen Namen. Ich probierte und verwarf Rosamund, Louisa und Desdemona, bevor ich auf Lucy kam, was ich aus Mr. Abbotts »Cousin Lucy«-Büchern kannte, in denen zwar ein bisschen zu viel der Zeigefinger erhoben wurde, die aber als Einzige übrig waren, als ich alles andere aus der Leihbibliothek im Keller der Kirche von Buttonfields gelesen hatte. Ich beschloss, mich Lucy zu nennen, weil es nicht besonders schön, sondern ganz gewöhnlich war, und weil es nichts anderes hieß als Lucy. Mochte doch irgendein Mädchen aus Kalifornien California heißen; ich wollte Lucy sein. Es war ein Name, der nach Massachusetts passte.

Ich wusste, dass ich nicht nach Lucky Diggins gehörte und auch nie hingehören würde. Ich war keine raue, schmutzige Kalifornierin. Ich war ein Kind üppiger grüner Felder und zarter Schneeflocken zur Erntedankzeit, zweistöckiger Häuser und Kirchen mit Glockentürmen, von Molkereien und Bäckerläden und Kaufhäusern, eine junge Dame aus dem Osten, die man gegen ihren Willen in den wilden Westen verschleppt hatte. »Ich bin«, verkündete ich stolz einer Fliege, die auf der Klotür saß, »eine Neuengländerin, ich habe Geschichte und Kultur und Fähigkeiten.«

Es rüttelte an der Tür. »California! Bist du da drin? Komm

sofort raus!« Ich öffnete die Tür und wurde am Schürzenzipfel in die Zelte zurückgezerrt, die jetzt mein Zuhause sein sollten.

Wir durchquerten das vordere Zelt mit seinem Tisch und den Bänken. Hinter Decken, die von den Zeltstangen hingen, waren ein Bett für Mama und Prairie untergebracht, eine Matte für Butte und das Ausziehbett, das ich mit Sierra und gelegentlich mit einem Laubfrosch oder einer Eidechse ohne Beine teilte, die Butte mir unter die Decke gesteckt hatte, um mich zu ärgern. Wir gingen in das große Zelt dahinter, in dem ein paar Kojen und Kisten und Nachttöpfe für die Herbergsgäste standen. Hier musste ich Mamas Aufträge erfüllen: Lederstreifen in Holzrahmen als Unterlage für die Matratzen flechten und Kissenbezüge mit Maishülsen und Reisig füllen.

Gleichförmig gingen die Tage dahin – außer dass einmal der Kochherd kam ($ 11,69 plus Liefergebühr), den Bean Belly Thompson über die Berge und die Schlucht heruntergeschafft hatte – bis sich eines Morgens ein fremdes Gesicht in den Zelteingang schob, ein Gesicht, in dem mehr Haare wuchsen als bei den meisten Menschen auf dem Kopf.

»Morgen, Schwester. In meinem Zelt hängt eine Tarantel so groß wie ein Huhn, drum bin ich rübergekommen, um hier zu übernachten. Ich hab's nicht so mit Spinnen. Heiße Jimmy. Die Leute nennen mich Jimmy Schnurrbart. Kannst dir wohl denken warum.« Jimmy Schnurrbart strich sich über den Bart und grinste so breit, wie ich's bisher nur von Pa gekannt hatte. Seine beiden Vorderzähne fehlten.

»Wir haben Mäuse, Ratten und Käfer hier drin«, sagte ich.

»Na ja, so lang's keine Spinnen sind«, sagte Jimmy.

Mama wurde handelseinig mit Jimmy Schnurrbart, der ein Riese von Mann war. Er wollte den ganzen langen warmen Herbst über und vielleicht sogar noch länger bleiben, wenn er

Glück hatte. »Ich hab vor, genug Gold aufzutreiben, um mir für diese Riesenlücke hier goldene Zähne machen zu lassen«, sagte er.

Und dann zog Amos Frogge zu uns, der nur aus Haut und Knochen und buschigen Augenbrauen zu bestehen schien und der aus Texas gekommen war, um als Schmied zu arbeiten, und sich eine Hütte hinter dem Kaufladen bauen wollte. Und dann noch der finstere Mr. Coogan, der eingefallene Augen, Narben im Gesicht und einen verkniffenen Mund hatte und so freundlich war wie ein heftiges Gewitter.

Ich fühlte mich gestört und hätte lieber nur meine Familie um mich gehabt, aber als ich versuchte das Mama zu erklären, kam ich damit nicht bei ihr an.

»Mama, müssen eigentlich all diese Fremden hier leben? Ich mag nicht …«

Mama machte schmale Augen und presste die Lippen zusammen.

»Ich mein ja bloß, sie sind so grob und so schmutzig und … na ja, eben Fremde.«

»Lern sie kennen«, sagte Mama, »dann sind sie keine Fremden mehr.«

»Aber ich weiß gar nicht, was ich zu ihnen sagen soll …«

»Versteh ich nicht. Du redest doch sonst wie ein Buch.«

»Na ja, das ist doch was anderes mit der Familie, Mama. Du und Butte und Prairie und Sierra und Großmama und Großpapa und all die andern – ihr seid eben meine Familie. Aber diese fremden Männer …«

»… zahlen deinen Lebensunterhalt«, unterbrach mich Mama. »Und jetzt geh und rühr den Teig fürs Abendessen.«

Nur am frühen Nachmittag, wenn die Kleinen schliefen, Butte zum Jagen weg war und Mama Teig knetete und »Ol' Dan Tucker« summte und alle Goldgräber am Fluss waren, um

Gold zu waschen, konnte ich manchmal entwischen, allein sein und mich hinter einem Buch verkriechen. Ein Buch, das mir gehörte, war *Ivanhoe;* ich hatte es in einem Rechtschreib-Wettbewerb in der Schule gewonnen. Seit wir unterwegs waren, hatte ich es ziemlich satt bekommen, aber das Einzige, was es sonst noch zu lesen gab, war das Plakat am Kaufladen, auf dem was von Spulwürmern bei Pferden stand.

Glücklicherweise hatte es in Massachusetts reichlich Bücher gegeben, und alle, die ich je gelesen hatte, waren mir noch bestens im Gedächtnis. Als mir eines Tages *Ivanhoe* dann wirklich gründlich zum Hals heraushing, lehnte ich mich gegen die straff gespannte Zeltwand, schloss die Augen und entdeckte eine Möglichkeit Lucky Diggins zu verlassen. Ich wurde die wunderschöne Madeline, die in »The Eve of St. Agnes« ihrem Geliebten durch eisige Korridore folgt, und stellte mir vor, wie in den letzten Tagen von Pompeji die Lava über meinen Körper rann. Ich wurde anmutig und fein wie Königin Elizabeth und Julia und die Ladys von Maria Edgworth: »Lord Rackrent, es ist schrecklich schön Sie zu sehen«, flüsterte ich der Zeltstange zu und seufzte schmachtend.

Als ich aufsah, stand Prairie vor mir – fast sieben, klein und dick und mit großen Augen, die hinter ihrer Nickelbrille noch größer aussahen. Ihre schmuddelige Hand, mit der sie an einem losen Vorderzahn herumfummelte, verschwand fast ganz in ihrem Mund.

Prairie murmelte irgendetwas.

»Nimm die Hand aus dem Mund und sag's noch mal«, empfahl ich ihr.

»Was machst du da?«

»Nichts. Was willst du?«

»Mama hat gesagt, du hilfst mir einen Platz für einen Gemüsegarten zu finden.«

»Aber du kannst doch mit dem Garten erst im Frühjahr anfangen. Warum sollen wir jetzt einen Platz dafür suchen?«

»Der Boden muss natürlich hergerichtet werden, wenn alles gut wachsen soll.« Prairie liebte es, Sachen wachsen zu sehen. Opa sagte immer, dass Prairie wie er sei – sie brauchte den Boden nur zu kitzeln und schon lachte er Bohnen heraus.

Liebe Großmama und lieber Großpapa,

bitte redet die Unterzeichnete nicht mehr mit California an, denn California Morning Whipple ist ein blöder Name, der besser zu einer Ente passt als zu einem Mädchen. Ich nenne mich jetzt Lucy. Ich kann nicht den Namen California hassen und trotzdem in Kalifornien sein. Ich weiß, dass Ihr's verstehen werdet.

Ihr fehlt mir so sehr. Ein Goldgräber, der hier eine Nacht verbrachte, hatte zwei Maultiere, die ich füttern musste. Ich nannte sie Großmama und Großpapa. Das weibliche Maultier war grauhaarig wie Großmama und das andere hatte das gleiche Lachen wie Großpapa.

Mit ganz lieben Grüßen von eurer Enkelin
Lucy Whipple

DRITTES KAPITEL
Herbst 1849

In dem Mama versucht, eine große Jägerin aus mir zu machen, und in dem ich so viel Hunger kriege, dass ich tatsächlich schieße

»Wenn du essen willst, kleines Fräulein, musst du dir einfallen lassen, wie du was auf den Tisch bringst«, sagte Mama und fuhrwerkte mit dem Besen vor meinen Füßen herum.

Du meine Güte, dachte ich und sah Mama so grimmig wie möglich an. Reicht's noch nicht, dass ich beim Kochen helfe und beim Waschen für all diese struppigen Fremden in den Kojen im hinteren Zelt? Bringe ich Prairie nicht jeden Morgen das Alphabet und die Zahlen und ein bisschen was über die Geschichte von Massachusetts bei? Reicht das noch nicht?

»Das reicht keineswegs«, sagte Mama, die anscheinend meine Gedanken gelesen hatte. Sie riss mir *Ivanhoe* aus den Händen und warf das Buch in den Waschzuber voller Seifenlauge. Mit einem Aufschrei zog ich es heraus und legte es in die Sonne zum Trocknen. Bis auf ein paar wellige Seiten würde es wahrscheinlich bald wieder wie neu sein, trotzdem dachte ich, es wäre besser Mama ernst zu nehmen.

»Was soll ich denn machen, Mama?«

»Nimm das Gewehr hier und schieß uns ein paar Kaninchen oder ein Eichhörnchen.«

»Aber Mama, ich kann doch keine kleinen Tiere schießen!« Die Vorstellung, auf etwas Lebendiges zu schießen, widerstrebte mir. Dazu war ich viel zu feinfühlig und außerdem würden meine Hände nach Pulver stinken.

»Hör auf mit deinem Mama. Was meinst du, aus was Eintopf gemacht ist? Und Schinken? Fleisch. Von Tieren. Butte kann nicht mehr auf die Jagd gehen, jetzt wo er bei Mr. Scatter arbeitet, also musst du's machen.« Butte half im Kaufladen und brüstete sich damit, dass er jetzt das männliche Familienoberhaupt sei, bis Mama ihn an der Nase packte und sagte: »Nein, du bist nicht das Familienoberhaupt. Es gibt keinen Mann in dieser Familie, nur eine Frau und ein paar kleine Kinder, und so muss es auch gehen.« Das hielt ihn aber keineswegs davon ab anzugeben und seinen Lohn vor meinen Augen abzuzählen, bevor er ihn Mama aushändigte. Immerhin war er erst zehn, also fast zwei Jahre jünger als ich, und da meinte er, er könne sich so aufspielen.

»Können wir das Fleisch nicht einfach im Laden kaufen?«

»Erstens hat Mr. Scatter nicht viel Fleisch. Zweitens ist das, was er hat, verflixt teuer. Drittens habe ich eine sehr geschickte Tochter, die den Finger sehr gut am Abzug halten kann.«

»Prairie tut nichts anderes, als Sierra zu bewachen und Unkraut zu rupfen. Sie könnte auf die Jagd gehen.«

»Prairie ist erst sechs. Das musst schon du machen. Ich kann die drei hungrigen Goldsucher und uns fünf nicht von Bohnen und dem bisschen Pökelfleisch und trockenem Rinderschinken ernähren, wie ihn Belly Thompson alle paar Wochen aus Sacramento herschafft. Und jetzt mach dich auf den Weg.« Mama drückte mir das Gewehr in die Hand und schob mich flink wie ein Wiesel hinaus.

Als wir noch zu Hause waren, hatte Pa mir und Butte das Schießen beigebracht, aber ich konnte es nie leiden und fand das Lesen viel angenehmer als den Krach und den Gestank beim Schießen. Jetzt war Pa tot und wir waren in den Westen gezogen, und Mama versuchte eine Wildwestfrau aus mir zu machen.

Am ersten Morgen saß ich wütend auf einem Baumstumpf hinter dem Zelt. Es war so eine unheimliche Gegend, nur Bäume und Berge und Zelte. Ich sah schon fast, wie die wilden Indianer den Sacramento heraufkamen bis zum Yuba und dann den Yuba rauf bis zu den Forks und weiter bis Lucky Diggins, ohne Halt zu machen, bis sie mich aufgespürt hatten hier auf meinem Baumstumpf, mit dem Gewehr auf dem Schoß.

Als es schon fast Mittag war, sah ich eine Bewegung im dürren Gras. Das waren doch Federn. Indianer! Ich machte einen Satz ins Zelt.

»Ich konnte nicht weitermachen, Mama«, sagte ich. »Ich hab Federn gesehen, und …«

»Ja, ich weiß schon«, sagte Mama. »Es waren wilde Indianer und du warst in höchster Gefahr gefangen genommen zu werden und den Rest deines Lebens von Eicheln und gerösteten Grashüpfern zu leben.«

»Aber Mama …«

»Nichts da Mama. Wahrscheinlich war's ein wilder Truthahn, den du dir hast entgehen lassen.« Mama seufzte. »Los, gib Prairie und Sierra was zu essen.«

An diesem Abend gab's kein Fleisch. Ich bekam sogar überhaupt kein Abendessen und Mama sagte, das würde auch so bleiben, bis ich etwas Essbares heimbrachte.

Ich sah zu, wie die anderen ihre Bohnen und ihre Brötchen aßen. »Wenn ich bei Großmama wäre«, murmelte ich, »würde ich jetzt Hühnchen von Larrabees Farm oder Schinken aus dem Kaufladen kriegen.«

Mama schwieg.

Am zweiten Tag saß ich drei Stunden auf dem Baumstumpf mit dem Gewehr auf dem Schoß und stellte mir vor, ich sei die hinreißende heimliche Liebste von Ivanhoe, so schön wie Rowena und so verwegen wie Rebekka, aber natürlich viel klüger und belesener.

Plötzlich hörte ich ein Rascheln im Gras. »Mama!« Ich rannte zum Zelt. »Da vorne ist was. Das war sicher ein Grizzly oder ein …«

Mama knallte die Bratpfanne auf den Ofen. »Mein Gott, bist du ein Angsthase. Als du noch klein warst, hast du dich sogar vor dem Wind gegruselt. Und vor dem Laternenschein im Fenster. Und sogar vor dem Clown in Halleluja Purdys Circus und vor der Pferdeschau hast du dich gefürchtet.« Sie ergriff einen Kochlöffel und fuchtelte damit herum. »Und jetzt bist du fast erwachsen und es ist noch schlimmer geworden. Grizzlys! Indianer! Nicht schießen wollen! Rumliegen wollen mit dem Buch vor der Nase! Was soll nur aus dir werden, Mädchen?« Mama warf einen Klumpen Fett in die Pfanne und schüttelte den Kopf. »Jeder Hocker muss mal auf den eigenen Füßen stehen lernen.«

Wieder bekam ich kein Abendessen, aber ich muss zugeben, dass ich komischerweise stolz auf mich war. Und wenn ich verhungerte, so starb ich wenigstens als gute Neuengländerin.

Am dritten Tag verließ ich meinen Posten. Ich beobachtete einen Eichelhäher, der sich Kastanien von einem Baum über der Schlucht holte, folgte einer Eidechse, die von einem Sonnenfleckchen zum nächsten huschte, und warf auf die Zeltleinwand einen Fuchs, eine Ente und einen Schwan als Schattenbild. Und dann stattete ich Sweetheart einen Besuch ab, dem alten armseligen und hässlichen Maultier mit einem braunen und einem weißen Ohr, das uns nach Lucky Diggins gebracht hatte.

Sweetheart lebte hinter dem Zelt in einem Stall, den Butte und ich aus Zeltleinwand gemacht hatten, die wir über ein Gerüst aus Ästen gelegt hatten. Weil uns Rocky Flat, die Katzen aus dem Heuschober und Großmamas Kanarienvögel fehlten, bemühten wir uns Sweetheart unsere Zuneigung zu schenken. Aber das Maultier ging nicht darauf ein, es biss lieber. Ich rieb die wehe Stelle an meinem Arm und kehrte wieder zu meinem Baumstumpf zurück.

Schließlich siegten der Hunger und die Sorge, Mama könnte noch wütender werden; ich schloss die Augen, betätigte ein paar Mal den Abzug und schoss tatsächlich ein Eichhörnchen. Es war fast völlig in Stücke gerissen und konnte höchstens noch einem Hund oder einem Kojoten als Mahlzeit dienen, aber ich trug es in das Zelt, warf es auf den Tisch und legte mich auf mein Bett, um *Ivanhoe* weiterzulesen.

»Ich werd dein Bett an jemanden vermieten«, sagte Mama, »der dafür bezahlt. Würdest du bitte deinen Kadaver wegräumen?«

Da merkte ich, dass Mamas Dickschädel noch viel härter war als meiner. Und so saß ich dann Tag für Tag hinter der Hütte und schoss Kaninchen und Eichhörnchen und alles Getier, das sich bewegte, bis ich herausfand, dass es mir nicht so viel ausmachte Vögel zu töten. Also aßen wir jeden Tag Präriehühner und ich verkündete, dass wir das so lange tun würden, bis jemand anders sich bereit fand zum Jagen zu gehen. Jimmy Schnurrbart sagte, Präriehuhn mit Brötchen und Specksoße sei gar nicht so schlecht, aber ich glaube, dass er ziemliche Mühe mit den Schrotkugeln hatte.

Mr. Coogan sagte nichts, aber er sah mich an, als wäre ich ein fettes Schwein und er ein Metzger. Mir war nicht wohl in seiner Nähe.

Liebe Großmama und lieber Großpapa,

es sind noch ein paar Logiergäste mehr eingezogen, aber es ist noch längst nicht voll bei uns und wird's auch bis zum Frühling nicht werden. Amos Frogge sagt, dass manche Goldsucher Diebe und Trunkenbolde sind, ungehobelte und zwielichtige Gestalten; aber dass es unter ihnen auch die feinsten Kerle auf Gottes Erdboden gebe. Mir hängen sie alle zum Hals raus mit ihren schmutzigen Stiefeln und schmutzigen Händen, ihren lauten Stimmen und ihrem Bärenhunger.

Wir müssen jeden Abend mit ihnen zusammen essen. Mr. Coogan verdirbt mir alles mit seinem finsteren Gesicht und seinem Gemurmel und seiner mürrischen Art. Er ist weder Goldgräber wie Jimmy noch Schmied wie Amos. Ich weiß überhaupt nicht, was er tut oder was er ist – außer dass er gemein ist. Einmal hat er Prairie eine Ohrfeige gegeben, nur weil sie Kaffee über irgendwelche Papiere von ihm geschüttet hatte, und Mama sagte kein einziges Wort dazu.

Wenn wir nicht die einzige Herberge in der Stadt hätten, würde sich Mama noch mehr Sorgen über das Geschäft machen, als sie's jetzt schon tut. Sie kocht nicht schlechter als zu Hause, aber ihre Backerei ist so fürchterlich, dass ich aus Verzweiflung das Backen übernommen habe, nur dass Mama den Brotteig noch weiterhin macht. Sie behauptet, dass ich beim Kneten zu sehr ins Träumen gerate. Butte und die Kleinen und ich sind an Mamas hartes, trockenes Brot gewöhnt, aber wir müssen ja auch nichts dafür bezahlen. Die Gäste beklagen sich seltsamerweise nicht, nicht mal Mr. Coogan. Und sie machen sich drüber her, als wär's das feinste Essen, das uns die Vanderbilts aus New York geschickt hätten.

Jimmy Schnurrbart hat mir ein Regal gebaut, das neben meinem Bett steht. Es wackelt zwar ein bisschen, aber ich hab einen Stapel meiner Schürzen und Socken darauf gelegt, eine Muschel vom Strand von Massachusetts, mein Ivanhoe-Buch und eine leere Heringsdose, in der ich eure Briefe aufbewahren möchte, wenn ich sie bekomme. Jimmy sagt, dass die Briefe in den Wind geschrieben sind, weil die Post drei Monate oder mehr braucht, um nach Massachusetts zu kommen, und mindestens drei Monate, um hierher zu gelangen, wenn sie nicht von irgendwelchen Banditen geraubt oder bei einem Erdrutsch vernichtet wird oder auf den Grund des Meeres versinkt. Er sagt, zum Briefeschreiben braucht man einen starken Glauben.

Außer bei den Briefen habe ich zur Zeit keinen besonders starken Glauben. Ich glaubte daran, dass Pa immer bei mir bleiben würde, und er starb. Ich glaubte, dass ich zu Hause in Sicherheit sei, und nun hocke ich hier in der Wildnis. Ich fürchte, ich bin mit meinem Glauben ziemlich am Ende.

Liebste Grüße an euch beide von eurer Enkelin
Lucy Whipple

Durch die Hitze des Tages und die Glut des Kochherdes blieb es im Zelt bis in die Nacht hinein heiß wie in der Hölle. Schließlich kroch ich aus dem Bett und ging hinaus, weil ich hoffte, dort würde eine leichte Brise wehen. Der Himmel war voller Sterne. Sie sahen fast aus wie Glühwürmchen. Aber man kann sie nicht fangen. Ich war aber nicht so dumm, es zu versuchen.

VIERTES KAPITEL
Herbst 1849

In dem ich an Pa denke, Prairie von ihm erzähle und mich ein bisschen damit tröste

»Nenn mich Lucy«, sagte ich schließlich zu Prairie.

»Mmh?«, sagte Prairie. Ich zog ihr die Hand aus dem Mund. »Warum?«, wiederholte Prairie.

»Ich will so heißen.«

»Warum?«

»California gefällt mir nicht.«

»Warum?«

»Es passt nicht zu mir – weder der Name noch das Land.«

»Warum?«

»Zum Kuckuck! Wenn du noch einmal warum fragst, schwör ich dir, dass ich dich in Stücke hacke und den Eidechsen zum Fraß vorwerfe.«

»Wa …«

Ich schob Prairies Hand wieder in ihren Mund zurück. »Hilfe! Hilfe! Frag mich, was du willst, aber nicht mehr *warum.*«

»Warum denn nicht?« Prairie strahlte über ihre eigene Schlauheit. »Na gut. Dann frag ich dich also: Wie hat unser Pa ausgesehen? Hat er mir ähnlich gesehen?« Prairie war zu klein, um sich noch an ihn zu erinnern.

Ich redete nicht gern über Pa, denn dann vermisste ich ihn ganz schrecklich, während ich sonst nur ganz normal traurig war. Manchmal, wenn die Sehnsucht nach Pa so groß wurde, dass sie richtig wehtat, schloss ich die Augen und drückte mir eine Bürste mit Schweineborsten an die Backe. Dann stellte ich mir vor, es sei sein roter kratziger Bart und er sei nicht in der Erde von Massachusetts begraben, sondern ich sitze auf seinem Schoß und er singe mir zur Melodie von »The Holly and the Ivy« etwas von California Morning vor, so wie er es immer getan hatte, wenn ich nicht einschlafen konnte.

»Na ja«, sagte ich, »du hast blaue Augen wie er, nicht so eine komische Farbe wie ich. Aber du bist klein und rundlich und hast die Energie einer Dampfmaschine. Pa war der dünnste Mann, den ich je gesehen habe. Er hatte rote Haare und ein lautes Lachen und am liebsten lag er irgendwo auf einer Wiese und schaute in den Himmel.«

Pa war ein Kaufmann wider Willen, der von seinem verstorbenen Vater einen Reitstall und eine Futtermittelhandlung geerbt hatte, und ein Träumer, der immer die Vision von einem besseren Leben hatte – von einer neuen Umgebung, von weiter Landschaft, vom Weg nach Westen, der untergehenden Sonne entgegen.

»Am Sonntag«, erzählte ich Prairie und merkte, wie mich die Erinnerung daran ein wenig tröstete, »zog er nicht wie sonst die Arbeitskleidung an. Er holte eine saubere Wollhose unter seiner Matratze hervor, die dort zum Pressen gelegen hatte, und zog ein frisches Hemd an, das Mama mit dem schweren Bügeleisen geplättet hatte, und seinen besten Rock und den Seidenschal, den er aus Boston hatte. Am Morgen, wenn er Oma Whipple entwischen konnte, ging er nicht in die Kirche, sondern aus der Stadt hinaus, und oft nahm er mich mit.«

Manchmal, so erzählte ich Prairie weiter, gingen wir in den Wald oder wir ritten auf Pas Pferd nach Oakbridge und aßen auf dem Dorfanger kalten Braten und Äpfel; und im Winter fuhren wir mit dem Schlitten über die gefrorenen Felder und stopften uns heiße Kartoffeln in die Handschuhe, um nicht an den Händen zu frieren. Einmal fragte ich Pa, wohin das Wasser unseres Baches ging, und so folgten wir ihm bis zum Fluss und dann weiter stromabwärts bis zum Meer. Das Getöse und die Unendlichkeit des Wassers erschreckten mich, aber sobald ich meine Hand in Pas große braun gebrannte Hand legte, fühlte ich mich sicher.

Am letzten Sonntag im Oktober, bevor wir Massachusetts verließen, gingen Pa und ich in den Wald, um uns die rot gefärbten Blätter anzusehen. Und da sprach er wieder davon, nach Westen zu ziehen. Die Nachricht, dass in Kalifornien das Gold nur so auf der Straße herumlag, war auch nach Buttonfields gedrungen und Pa und Mama konnten es gar nicht erwarten loszuziehen.

»Oma Whipple hat immer gesagt, dass es schlecht ist mehr zu wollen, als man hat«, sagte ich zu Pa. »Sie sagte: ›Bleibe im Lande und nähre dich redlich‹.«

»Deine Oma Whipple war eine ängstliche alte Dame, die ein schweres Leben hinter sich hatte, California. Das heißt doch nicht, dass du auch Angst vor allem Neuen haben sollst. Es wird sich viel ändern. Das liegt in der Luft. Die Leute öffnen ihre Augen und schauen sich um und sehen, dass es mehr auf der Welt gibt als Ställe und Felder und das Kaufhaus.«

»Ich mag das Kaufhaus.«

Er machte eine ausgreifende Handbewegung. »Die weite Welt liegt uns zu Füßen und wir werden uns ein Stück davon erobern. Denk doch mal an die Berge und die Wüsten und das weite, unbekannte Land, das wir sehen werden, California. Das ist doch mal was anderes als unser verschlafenes Städtchen in Massachusetts.«

»Ich mag alles so, wie es ist.«

»Ich weiß, aber alles verändert sich.«

»Warum ist das so, Pa? Wenn ich mich gerade an die grünen Blätter gewöhnt habe, werden sie rot, und wenn ich anfange ihr Rot zu mögen, fallen sie ab. Oder ich habe mich gerade an Sierra als Baby gewöhnt, da steht sie schon auf ihren eigenen Beinen und macht die ersten Schritte. Oder die Leute ziehen weg und der Ort verändert sich. Warum kann das Leben nicht einfach so bleiben, wie es ist?«

»Das Leben verändert sich. So ist das nun mal. Dieser alte Grieche namens Heraklit hat gesagt, dass nichts so dauerhaft ist wie die Veränderung, und ich glaube, er hatte Recht.«

Ich weiß nicht, wo mein Pa dieses Wissen her hatte. Seit seinem zwölften Lebensjahr hatte er keine Schule mehr besucht und wir besaßen kein anderes Buch als *Ivanhoe,* und trotzdem wusste er eine ganze Menge. Mir war es gleich, ob es stimmte oder nicht; ich glaubte ihm alles.

Wenn wir so herumspazierten, machte er mich immer auf Sachen aufmerksam – Vogeleier, eine Schlangenhaut, Keramikscherben und Feuersteinsplitter von den Indianern, die vor uns hier gelebt hatten. »Schau«, sagte er dann, »schau, California.« Mama sagte immer, *schau* sei Papas Lieblingswort; es bedeutete die Aufforderung, all die Schönheit und all das Aufregende rings um uns zu bewundern, zu bestaunen und mit offenen Augen wahrzunehmen. Ich sah mir alles neugierig an und nahm es mit und sperrte es in die hölzerne Kiste, die ich meine Schatztruhe nannte.

An diesem Sonntag sagte er wieder: »Schau«, und da sah ich dicht vor uns einen Specht, der auf einem umgefallenen Baumstamm hämmerte. Er machte einen solchen Lärm dabei, dass er uns nicht kommen hörte, und Pa streckte seine großen, sanften Hände aus und ergriff ihn. Er beruhigte den Vogel, indem er seinen rot gefiederten Kopf streichelte, und hielt ihn mir dann ganz nah hin, sodass ich spüren konnte, wie sein Herz unter seinem weichen Federkleid schlug. Er beäugte mich aufmerksam mit seinen glänzenden Augen und sah mit seiner schwarzen Maske und seinem roten Käppchen wie ein kleiner Bandit aus.

»Behalten wir ihn doch, Pa. Wir könnten ihm einen Käfig bauen.«

»Nein, California, er ist ein freies Geschöpf.«

»Aber in einem Käfig am Haus wäre er viel sicherer als hier in der Wildnis.«

»Es gibt wichtigere Dinge, als in Sicherheit zu sein, meine Tochter«, sagte Pa.

»Für mich nicht«, sagte ich.

Ich durfte den Specht nicht behalten, aber ich bekam eine rote Feder für meine Schatztruhe. Und meinen Pa durfte ich auch nicht behalten. Drei Wochen später war er an Lungenentzündung gestorben und das Baby Golden mit ihm. Sie wurden zusammen begraben, sodass wir nur eine einzige Grube aus der gefrorenen Erde ausheben mussten.

Ich glaube, für Golden muss es schön gewesen sein. Ich wollte, ich selbst hätte da liegen können, an Pas Seite gekuschelt, die Wange an seinem roten Schweineborstenstrubbelbart. Ich legte meine Schatztruhe zu ihnen ins Grab. Und da liegen sie noch alle drei bis heute.

Liebe Großmama und lieber Großpapa,

seltsam zu denken, dass ihr diesen Brief erst nach Weihnachten bekommen werdet. Butte meint, es wäre dumm euch zu schreiben, aber so fühle ich mich euch näher.

Wenn ich jetzt zu Hause wäre, würde Großmama Kürbiskuchen und Birnenmus machen und Apfelscheiben auffädeln, um sie vor dem Feuer zu trocknen, und ihr würziger Geruch würde in der Luft hängen. Butte wäre schon früh auf den Beinen um nachzusehen, wie groß die Kürbisse sind, und würde Prairie und Sierra sicher mit einem Haufen trockener Blätter bewerfen und sie würden lachen.

Stattdessen sind wir hier in Kalifornien, arbeiten viel zu hart und tun nichts dergleichen, und es ist heiß und ich bin eine Fremde in einem Land, in dem sie sogar eine andere Sprache sprechen, gewöhnlich und voller komischer Ausdrücke. Die Goldgräber machen mir Angst, sie sind so laut und schmutzig und die schlimmste Rabaukenbande, die ich je gesehen habe; dauernd streiten und fluchen sie und sind sternhagelvoll, weil Schnaps billiger als Essen ist. Eines Nachts hörten wir Schüsse und als wir hinausschauten, sahen wir, dass jemand die Laternen im Saloon zerschossen hatte und mit dem Geld der Spieler geflüchtet war. Ich wünschte mir so, dass Pa da wäre, aber er ist nicht da, nur ich. Ach, wie bin ich beklagenswert und elend!

FÜNFTES KAPITEL
Herbst 1849

In dem ich ins Kuchengeschäft einsteige und Butte vom Goldfieber gepackt wird

Fast jeden Morgen ganz früh mischte, knetete und rollte ich Kuchenteig aus. Verteilte Zucker darauf, zog eine Gabelspitze in schwungvollen Mustern darüber, bewunderte, wie kunstvoll es aussah, und buk sie für das Abendessen. Am liebsten mochte ich sie mit frischen Äpfeln, aber wir hatten keine frischen Äpfel. Wir mussten uns mit getrockneten begnügen und manchmal sogar mit Essigkuchen, der nur Essig und Zucker drauf hatte und bei dem wir uns die Äpfel dazu vorstellen mussten.

An einem schönen Morgen nahm ich mir eine Hand voll getrocknete Äpfel zum Knabbern, ging hinaus, setzte mich auf den Baumstumpf, bis mir das Hinterteil wehtat, und dachte die ganze Zeit nach, wie ich es schaffen könnte nach Massachusetts zurückzukommen. Hier war ich in einem Goldland, in dem ganze Vermögen aus dem Boden gebuddelt wurden. Wenn ich es schaffen könnte mir davon etwas anzueignen, würde ich mein letztes Eichhörnchen geschossen, meine letzte Eidechse überrascht, mein letztes Leintuch gewaschen haben, meinen letzten Goldgrä...

»Entschuldigen Sie, kleines Fräulein, hätten Sie etwas Wasser für mich?«

Da stand ein Goldgräber vor mir in Stiefeln und Flanellhemd und von oben bis unten schmutzig. Weil ich in meinen Vorstellungen weit weg in Massachusetts war, blieb ich einfach sitzen und starrte ihn an.

Mama rief durch die Zeltklappe: »Los, steh auf und schöpf ein bisschen Wasser für den armen Mann, dumme Gans.«

Ich nahm die Blechtasse, die an einer Schnur am Zelt baumelte, tauchte sie in das Regenfass, in dem mehr Blätter als Wasser waren, und gab sie dem Goldgräber.

Er trank durstig und gab mir die Tasse zurück. »Verbindlichsten Dank für das Wasser, kleines Fräulein. Und könnten Sie mir jetzt vielleicht sagen, was hier so verflixt gut riecht?«

»Der Apfelkuchen, den ich zum Abendessen gemacht habe«, sagte ich.

»Ich glaube, ich würde diesen ganzen Sack Gold hier für einen von diesen Kuchen geben.«

»Abgemacht«, sagte ich.

Der Goldgräber lachte. Wir einigten uns auf ein bisschen Goldstaub und ich gab ihm einen Kuchen.

»California, dieses Gold hier ist mindestens zehn Dollar wert«, sagte Mama. »Für einen Kuchen!«

Der Goldstaub feuerte mich an, noch ein paar Kuchen zu backen. Ich setzte mich den ganzen Nachmittag auf den Baumstumpf, neben mir eine Menge Kuchen zum Auskühlen, aber glückliche Goldgräber waren selten, und glückliche Goldgräber, die ihren Staub für Kuchen ausgaben, wo ein paar Schritte weiter der Saloon wartete, waren noch seltener.

»Der Trick ist«, sagte Amos Frogge, der vom Geruch angezogen wurde, aber nichts kaufte, weil er sowieso Kuchen zum Abendessen bekam, »du musst sie erwischen, bevor sie auf dem Weg zum Saloon sind.«

Ich stand also am nächsten Morgen noch vor der Dämmerung auf, um mich an die Arbeit zu machen und meine Kuchen zu backen. Ich sammelte genug Sauerkirschen für sechs Kuchen, schob sie in den Ofen, bastelte mir einen Behälter aus dem alten Strohkorb, mit dem wir gereist waren, und machte mich kurz nach Sonnenaufgang auf den Weg zum Fluss, um reich zu werden. Die Vorstellung, all diese Fremden überreden zu müssen mir Kuchen abzukaufen, war mir gar nicht angenehm, aber ich dachte, ich würde es schon schaffen, wenn es mir half diesen Dreckhaufen namens Lucky Diggins zu verlassen.

Meinen ersten Kuchen verkaufte ich an einen Mann und seine magere Frau, die unterwegs waren. Ich bekam einen Dollar, und diese Lady aß gleich im Stehen, ans Maultier gelehnt, den ganzen Kuchen und spülte ihn mit kaltem Flusswasser hinunter.

Kuchen Nummer zwei und drei gingen an Jimmy Schnurrbart. Es war schon ziemlich spät, als Kuchen Nummer vier von einer Gruppe gekauft wurde, die in der Nähe des Nordufers grub.

Langsam machte ich mir Gedanken, ob ich rechtzeitig heimkommen würde, um Mama zu helfen die Frühstückssachen wegzuräumen, Prairie und Sierra ihr Essen zu geben und mit den Vorbereitungen für die Mittagsmahlzeit zu beginnen. Als ich das Nordufer entlang zurückging, sah ich einen Fremden, der nicht wie die meisten anderen Goldgräber ein Flanellhemd und Stiefel trug, sondern nur eine rote Hemdhose und einen Strohhut. Das kam mir höchst seltsam vor, aber ich näherte mich ihm langsam.

»Mister, möchten Sie viel…«

»Verfluchte Schweinerei!«, schrie der Goldgräber in der Unterwäsche. »Hau bloß ab von mei'm Claim, bevor ich dir die Schaufel ins Hirn ramme, du Bluthund. Mir nachzuschnüffeln! Willst dich wohl an mein' Claim ranmachen und mir mein Gold klaun, du …« So brabbelte er vor sich hin, während er eine

Pistole aus der Gesäßtasche seiner Hemdhose zog und sie in meine Richtung abfeuerte.

O Graus! Die Kugeln schlugen rings um mich in den Boden ein. Ich ließ den Kuchenkorb fallen und rannte nach Hause, blindlings dahinstolpernd wie ein hysterisches Huhn. Die übrigen Kuchen wurden von einem Dachs gefressen, der sich dann in dem Korb zum Schlafen zusammenrollte und mich fast zu Tode erschreckte, als ich am nächsten Morgen zurückkam, um den Korb zu holen. Ich stieß bei seinem Anblick einen so lauten Schrei aus, dass der Dachs sich schleunigst in Richtung Berge davonmachte und wahrscheinlich immer noch um sein Leben rennt.

Diese Begegnung hatte zweierlei Folgen. »Verfluchte Schweinerei« drang in mein Vokabular ein, vor allem, wenn die Kleinen mich mit ihrer schlechten Laune plagten oder man nicht genug schätzte, was ich alles tat; aber ich sorgte dafür, dass Mama es nie zu hören bekam, denn Fluchen war streng verpönt. Und dann entschied ich, dass ein Ein-Personen-Kuchenhandel zu hart und zeitraubend und außerdem zu gefährlich war, und sah mich nach einem Teilhaber um.

Natürlich. Butte.

Ich bestellte ihn zu einem Geschäftstreffen draußen beim Baumstumpf. »Hör mal, Butte, das ist die Gelegenheit«, sagte ich und hielt ihn mit getrockneten Apfelringen davon ab, sich gleich wieder davonzumachen. »Ich backe die Kuchen und du bringst sie an den Fluss und zum Goldbergwerk und verkaufst sie. Du kriegst einen Nickel für jeden Kuchen, den du verkaufst.«

»Nix da.«

»Na gut, dann zehn Cent pro Kuchen. Das sind zehn Prozent und da könnte ganz schön was zusammenkommen. An einem Tag triffst du hier bestimmt tausend Goldgräber. Wenn nur die

Hälfte von ihnen einen Kuchen kauft, wären das schon fünfhundert Dollar. Überleg dir das, Butte, fünfhundert Dollar! Wir hätten uns schon nach ein paar Wochen die Reise nach Massachusetts verdient.«

»Massachusetts? Warum sollte ich denn dahin zurückwollen?«

»Du willst doch wohl nicht in dieser heißen, staubigen Wildnis bleiben?«

»Mir gefällt's hier.«

Wir waren vom Thema abgekommen. »Na ja, dann bleibst du eben. Ich nehm die fünfhundert Dollar und geh wieder nach Hause.«

»Na gut. Schreib mal.«

»Also, einverstanden. Fünfzehn Prozent.«

»Zwanzig.«

»Das ist doch nicht dein Ernst!«

»Fünfundzwanzig.«

»Hör mal, Butte, ich …«

»Dreißig, und gib meinen Anteil Mama.«

»Abgemacht«, sagte ich schnell. Verfluchte Schweinerei, dachte ich, wenn wir nicht aufhören mit dem Verhandeln, krieg ich am Schluss überhaupt nichts mehr.

Also wurde Butte Teilhaber an meinem Kuchengeschäft. Dienstags und samstags konnte Butte bei Mr. Scatter früher aufhören, also buk ich an diesen Tagen und er verhökerte die Kuchen unten am Flussufer. Mr. Scatter gab uns einen alten Gurkentopf, in dem wir unseren Verdienst aufbewahrten.

Ich träumte davon, bis zum nächsten Frühling genug Geld beisammen zu haben, um nach Hause zurückkehren zu können, aber je mehr wir verdienten, desto mehr schien Mr. Scatter für Mehl und Speck zu verlangen und Mama mir für Kleidung und Nahrung und schlechten Kaffee abzuknöpfen. Alles musste von Bean Belly Thompson oder sonst jemandem über die Berge gekarrt werden, deshalb waren die Preise saftig. Äpfel und Zwiebeln kosteten je zwei Dollar das Pfund, Bohnen einen Dollar, und Mr. Scatter hatte sogar eine Dose mit eingemachten Roten Beten auf seinem Wandbrett, die elf Dollar kosteten und auf den einen glücklichen Goldgräber warteten, der seine Erfolge mit eingelegten Roten Beten zu feiern gedachte.

Aber nicht allzu viele Goldgräber machten ihr Glück und jede Woche gingen ein oder zwei Herbergsgäste wieder zurück zu ihrer Farm oder Fabrik, ziemlich abgemagert, aber kein bisschen reicher als vor ihrer Ankunft. Jede Woche nahmen ein oder zwei weitere junge Kerle ihre Plätze ein, voll hochfliegender Hoffnungen. Sie kamen mit Spitzhacken und Äxten und Blechpfannen, mit Amuletten und geweihten Medaillons, mit magischen Geräten namens Goldometer und Nugget-Sucher, mit geheimen Landkarten und Indianerlegenden. Wenige hatten vor, in Kalifornien zu bleiben, wenn sie ihr Vermögen gemacht hatten, deshalb säte niemand Getreide, zog niemand Rinder oder Schweine auf und baute niemand etwas anderes als provisorische Unterstände. Sie wollten nichts als reich werden, wieder aufbrechen und nach Hause ziehen.

Viele hatten Glück, die meisten nicht. Die Arbeit war hart und gefährlich. Manche starben, bevor sie überhaupt einen Pickel in den Boden hauen konnten, erschöpft von den langen Monaten der Durchquerung des Landes, während deren sie nur von Pökelfleisch und trockenem Brot gelebt hatten. Jimmy Schnurrbart sagte, dass diejenigen, die blieben, gieriger, ärmer, dickköpfiger oder hoffnungsvoller waren als die Übrigen oder dass sie, wie er, einfach nicht wussten wohin.

Dass er sich jeden Dienstag und jeden Samstag auf den Goldfeldern herumtrieb, machte Butte anfällig. Er wurde heftig vom Goldfieber gepackt und verbrachte immer mehr Zeit draußen, wo gegraben wurde, selbst wenn er keine Kuchen zu verkaufen hatte. Und wenn er zu Hause war, dachte er an nichts anderes als an Gold und redete von nichts anderem als von Gold.

»Hör mal, California ...«, sagte er eines Tages.

»Bitte nenn mich Lucy.«

»Warum sollte ich denn das tun?«

»Weil ich so heißen will.«

»Lucy? Klingt wie irgend so 'ne zimperliche Puppe aus der Stadt. Lucy Belle. Lucy May. Allerliebste Lucy.« Er kicherte.

»Na ja, egal. Was willst du denn?«

»Ich hab genug vom Kuchengeschäft. Wenn ich mit den Goldgräbern arbeite und bei Mr. Scatter sauber mache, habe ich keine Zeit mehr für Kuchen.«

»Du kannst doch nicht einfach aufhören. Du bist doch mein Teilhaber.« Ich grollte. »Das kannst du mir nicht antun. Ich hab ja kaum Zeit die Kuchen zu backen; ich würde mit allem, was ich hier zu tun habe, nie fertig werden, wenn ich auch noch verkaufen müsste. Du kriegst noch mal fünf Prozent mehr.«

»Ist mir egal. Ich geb sowieso alles Mama.«

Also gab Butte auf und überließ es mir, das Geschäft allein weiterzubetreiben. Mama murrte etwas, weil sie jetzt ohne Buttes Anteil auskommen musste, aber sie war die Letzte, die es nicht verstanden hätte, dass es jemand in den Fingern juckte, und so gönnte sie ihm sein Abenteuer. Er war jeden Tag schon früh auf den Beinen außer am Sonntag, wo Mama verlangte, dass er zu Hause blieb und ein Bad nahm. Sonst verbrachte er den Morgen damit, für Mr. Scatter zu arbeiten, zu kehren, Schachteln zu stapeln, Spucknäpfe zu leeren und den Maultiermist vor dem Saloon-Eingang wegzuschaufeln. Den übrigen Tag verbrachte er damit, Löcher zu graben und Maultiere zu bewachen für die Männer, die Tonnen von Erde und Kies in die langen Schwingtröge schaufelten in der Hoffnung, dass sich in den Rillen am Boden der Tröge Goldklumpen sammeln und sie zu reichen Leuten machen würden. Er hob Werkzeuge auf, verpflasterte Schnitte und Wunden und lernte zu kämpfen. Er wurde mit ein bisschen Goldstaub belohnt, wenn die Goldgräber Glück hatten, und mit einem Schulterklopfen, wenn sie leer ausgegangen waren. Meistens kam er mit nichts anderem heim als zerkratzten Armen und einer neuen Geschichte.

»Ich hab von einem Goldgräber draußen in der Kojotenschlucht gehört, der alles hinschmeißen und nach Hause zurückkehren wollte, weil ihm sein Partner weggestorben war und er kein Stäubchen Gold zu sehen gekriegt hatte. Also verbrennt er seine Ausrüstung, hebt eine Grube aus für seinen Partner, und was findet er da in dem Erdloch? Den größten Goldklumpen, der je in der Umgebung entdeckt wurde. Jetzt lebt er in San Francisco, zündet sich die Zigarren mit Dollarnoten an und denkt nicht mehr dran heimzugehen. Ich find, es hat keinen Sinn, 'ner festen Arbeit nachzugehen, wenn man mit ein bisschen Glück und einem spitzen Pickel 'n ganzes Vermögen auf der Straße findet.«

Er legte sich ein großspuriges Gehabe zu, spuckte dauernd aus und fragte mich jeden Tag, ob er jetzt schon Bartstoppeln habe. Er machte den Fehler, vor Mamas Augen auszuspucken, und erntete damit ein düsteres Stirnrunzeln. Ich fragte mich, wie lange er noch bei den Goldgräbern draußen arbeiten durfte.

Butte schlief jede Nacht tief, erschöpft davon, dass er als kleiner Junge harte Männerarbeit leistete. Manchmal, wenn ich noch spät in der Nacht auf war, um Kuchen zu backen, betrachtete ich ihn, wie er da so lag, den dichten Bogen der Wimpern auf den Wangen, mit pfeifendem Atem, den man deutlich in der Stille hörte. Dann versuchte ich herauszufinden, was ich ihm gegenüber empfand. Er war mir ein Rätsel. Das war lange, bevor ich es erfuhr.

SECHSTES KAPITEL
Herbst / Winter 1849–1850

In dem ich versuche Mama meinen neuen Namen zu sagen, Briefe schreibe und mich fast zu Tode seufze

Endlich nahm ich meinen Mut zusammen und sprach Mama wegen der Sache mit meinem Namen an. »Mama, kann ich dich was fragen?«

»Kommt drauf an was«, sagte Mama, während sie Sirup und Senfpulver in den Topf mit Bohnen schüttete.

»Könntest du … hmm …« Ich wusste nicht, wie ich Mama klarmachen sollte, dass mir die Sache wichtig war. Ich wollte nicht, dass sie sich über mich lustig machte oder nur ein verärgertes Knurren von sich gab.

»Na, sag's schon, California.« Mama rührte noch mal in den Bohnen und schob sie dann in den Backofen.

»Genau das ist es, Mama. California. Ich möchte nicht California heißen. California ist ein Land, kein Mensch. Ich möchte Lucy genannt werden.«

Mama hörte auf am Siruplöffel zu lecken. »Von was redest du überhaupt?«

Ich merkte, dass meine Backen heiß wurden wie der Ofen. »Über mich, Mama. Ich möchte Lucy heißen, nicht California.«

»Lucy? Wo hast du denn den Namen her?«

»Aus einem Buch. Aber das ist doch ganz egal …«

»Aus einem Buch! Das hätte ich mir denken können. Da hast du deine Flausen her, aus diesen Büchern!«

»Mama, bitte!«

Mama sah mich an, wie ich die Hände in der Schürze vergrub und mit den Tränen kämpfte. Sie seufzte. »Nachdem ich dich jetzt zwölf Jahre lang California genannt habe, seh ich nicht ein, wieso ich plötzlich Lucy sagen soll. Da könnte ich ja genauso Bossie oder Nelly oder Lady Jane sagen.«

»Willst du's wenigstens versuchen, Mama?«

»Sehn wir mal. Und jetzt lauf und tu was Vernünftiges.«

Ich glättete meine Schürze und holte tief Luft. »Ich werd ein paar Briefe schreiben.«

»Du holst jetzt Holz für den Herd, klopfst die Bettdecken aus, machst den Waschkessel für die Leintücher heiß, reibst Salz und Essig in die Tintenflecken auf deinen Schürzen und legst sie in die Sonne. Und dann deckst du den Tisch fürs Abendessen. Danach kannst du ein paar Briefe schreiben«, sagte Mama, und das war's.

Liebe Großmama und lieber Großpapa,

ich hab Mama jetzt gesagt, dass ich Lucy bin und nicht mehr California, und jetzt nennt sie mich einfach Fräuleinchen oder Küken oder Schwesterlein oder gar nicht. Für sie bin ich weder Lucy noch California und das passt mir ganz gut in den Kram. Wenn ich eine Spielernatur wäre, würde ich um einen Penny wetten, dass sie mich schon bald Lucy nennt. Ich glaub, es wär ihr peinlich, draußen vor dem Zelt zu stehen und zu rufen: »Küken, komm heim und mach das Abendessen.« Ich werde euch erzählen, wie's weitergeht.

Es machte mir Spaß Briefe zu schreiben. In Lucky Diggins gab's nicht viel anderes, was man in seiner Freizeit tun konnte, wenn man nicht in der Erde herumbuddelte oder trank. Zuerst schrieb ich auf rosa Briefpapier, ein Abschiedsgeschenk von Tante Beulah, aber dann musste ich irgendwann die Reste des

Butterbrotpapiers verwenden, in die Mr. Scatter seinen Schinken und Käse und Speck wickelte.

Liebe Cousine Batty,

komm nicht mit deinem Vater hierher, denn es würde dir nicht gefallen und du würdest wahrscheinlich sterben. Zumindest würdest du schmutzige Hände bekommen und deine hübschen weißen Schuhe würden staubig werden.

Mir gefällt's nicht, dabei macht mir Dreck nicht mal so viel aus wie dir.

Es ist einsam hier. Ich vermisse dich sogar fast.

Grüße von deiner Cousine, die sich jetzt
Lucy
nennt

Es war viel einfacher für mich aufzuschreiben, was ich dachte oder fühlte, als es auszusprechen. Ich konnte Sachen schreiben, die ich nie jemandem ins Gesicht sagen würde, vor allem seit ich nicht mehr so recht daran glaubte, dass diese Briefe überhaupt je bis Massachusetts gelangen würden. Schneeschuh-Ballou, der die größten Füße in der ganzen Sierra hatte, trug Briefe nach San Francisco um sie aufzugeben und brachte Post zurück für einen Dollar pro Brief. Er machte den ganzen Weg bergauf, bergab auf Pfaden, wenn es Pfade gab, oder orientierte sich an Bäumen, Berggipfeln oder Sternen, wenn es keine gab. Ganz Lucky Diggins war jeden Monat völlig aus dem Häuschen, wenn Schneeschuh-Ballou auftauchte und man sich auf einen Brief, eine Zeitung oder ein Päckchen von einem fernen exotischen Ort oder besser noch von zu Hause freuen konnte.

Liebe Großmama und lieber Großpapa,

wenn ihr mir einmal schreibt, legt bitte Geld bei, damit ich

Schneeschuh-Ballou bezahlen und weiter Briefe an euch schreiben kann. Gold wäre am besten, aber ich glaube, Dollars gingen auch.

Ich verkaufe immer noch hie und da einen Kuchen und konnte deshalb jeden Tag ein bisschen Geld in meinen Gurkentopf tun, aber die meisten Goldgräber scheinen nicht viel für Kuchen übrig zu haben, sie geben ihr Geld lieber für Bohnen, Whisky und Tabak aus. Mr. Scatter sagt, dass alle Goldgräber Vagabunden, Schurken und Mörder sind, aber dass er nicht weggeht, bevor er »genug Geld hat, um ein nasses Maultier zu verbrennen«. Die Goldgräber halten ihrerseits Mr. Scatter für einen Schurken, der ihnen ihr ganzes kostbares Gold als Bezahlung für Mehl und Salz abknöpft. »Hart wie Mr. Scatters Herz«, sagen die Leute hier genauso oft wie »Goldgrube«, »alles Schwindel« und »noch 'n Whisky, verdammich«.

Schneeschuh-Ballou war mein erster wirklicher Freund in Kalifornien. Sein Lächeln war liebenswürdig und hatte nichts gegen ein oder zwei Stück Kuchen, wenn er Briefe abholte. Ich merkte erst bei seinem dritten oder vierten Besuch, bei dem er mir eine Adlerfeder mitbrachte, dass wir Freunde waren, denn er sprach nur sehr wenig. Ich wusste nicht, ob er sich ans Schweigen gewöhnt hatte, weil er so viel allein in den Bergen war, oder ob ihn die Berge anzogen, weil es dort so still war. Und er sagte es mir auch nie.

Liebe Großmama und lieber Großpapa,

Mama sagte, dass es uns allen gut geht und wir gesund sind, und wenn ich keine netteren Sachen schreiben könnte als bisher, dürfte ich überhaupt nicht mehr schreiben. Also erwartet von jetzt an nur noch gute Dinge von mir zu hören, ob sie wahr sind oder nicht. Bestimmt stellt ihr euch bald vor, Lucky Diggins sei nichts als ein verschlafenes Nest.

Schneeschuhs bester Freund war ein Indianer namens Hennit, was Biber bedeutet, denn er hatte dichtes braunes Haar. Jimmy Schnurrbart erzählte mir, dass Schneeschuh und Hennit oft stundenlang in der großen Indianerschwitzhütte saßen, um sich von allen menschlichen Gerüchen zu reinigen, und dann Rotwild jagen gingen, das Schneeschuh brauchte, um sich selbst Schuhe zu machen, denn seine Füße waren zu groß für fertige Schuhe. Jimmy erzählte, dass Schneeschuh und Hennit nach der Jagd dem Geist des Hirsches dafür dankten, dass er sein Fell und sein Fleisch mit ihnen teilte. Das beeindruckte mich und eine Weile dankte ich den Präriehühnern und Kaninchen und Eichhörnchen, die ich schoss, aber das schien mir eigentlich nicht genug zu sein.

Liebe Großmama und lieber Großpapa,

neulich habe ich von Muschelsuppe und Großmamas Apfelpudding mit süßer goldgelber Sahne geträumt. Und als ich aufwachte, gab es wieder nur Bohnen und Brötchen zum Frühstück. Wir essen sehr viel Bohnen und Brötchen. Abgesehen von dem, was ich schieße, besteht unsere Fleischnahrung hauptsächlich aus den Getreidekäfern im Mehl und ein bisschen schimmeligem Pökelfleisch, das um die halbe Welt gereist ist, um uns hier aufzuspüren, und das keine sehr angenehme Reise hinter sich hat. Ich glaube, dass solch eine Diät für kleine Kinder nicht so gesund ist wie das gute Essen in Massachusetts, aber wenn ich versuche mit Mama darüber zu sprechen, macht sie ein Gesicht, als wolle sie gleich losfauchen.

Wenn ihr meine frühere Lehrerin, Miss Charlotte Homer, von Reedsville seht, seid doch bitte so freundlich und fragt sie, ob sie mir ein Buch schicken könnte. Ivanhoe und Mr. Scatters Bibel hängen mir zum Hals heraus und hier gibt es weit und breit kein anderes Buch.

Als Schneeschuh einmal gesprächiger schien als sonst, fragte ich ihn, warum er so gern in die Berge ging und Post austrug. Schneeschuh zuckte mit den Schultern und sagte: »Viele kennen, wenigen trauen und immer der eigenen Nase nach.«

»Hast du keine Familie?«, fragte ich.

Schneeschuh sagte, er könne sich nicht erinnern.

Liebe Großmama und lieber Großpapa,

ihr würdet mich nicht mehr wieder erkennen. Ich bin so groß und fast dick geworden. Ich glaube, das kommt von all den Semmeln und der Bratensoße. Ich mache die Semmeln selbst, aber Mama macht eine sehr gute Soße. Das ist der eine Grund, warum ihre Herberge so voll ist, und dann kommt noch dazu, dass die Goldgräber sie gerne ansehen, weil sie die einzige Frau im Lager ist außer Milly, die jetzt im Saloon arbeitet, und Mr. Scatters erwachsener Tochter, Belle, die schielt, eine schlechte Haut hat und ein richtiger Drachen ist. Vielleicht sollte sie Mr. Coogan heiraten und sie könnten zusammen ein Bosheitsgeschäft aufmachen: Stirnrunzeln: 25 Cent, grimmiges Gesicht: einen Dollar, und für ein 25-Dollar-Goldstück bekäme man einen vernichtenden Wutausbruch.

Mr. Scatter hat Snoose McGrath beauftragt, eine richtige hölzerne Herberge hinter dem Hauptladen zu bauen, und so hoffen wir, bis zum Winter dieses Zelt verlassen zu können. Mama arbeitet hart, aber sie sieht nur die Berge und die hohen Bäume und den klaren blauen Himmel und scheint den Schmutz gar nicht wahrzunehmen. Ich selbst stecke knietief drin.

An die Herbergsgäste gewöhne ich mich immer mehr und manchmal sage ich sogar etwas zu ihnen, aber immer, wenn sie mir ein bisschen vertraut werden, verlassen sie uns schon wieder, sie gehen nach Hause oder den Winter über in die Stadt, außer

Mr. Coogan, der allem Anschein nach ein beständiges Mitglied der Whipple-Familie zu werden gedenkt.

Wir scheinen hier nie mehr rauszukommen. Mir tut das Herz so weh vor Sehnsucht nach Pa und Golden und nach zu Hause, dass ich manchmal fürchte, ich werde mich noch zu Tode seufzen.

Ich fragte Jimmy, warum Schneeschuh immer so schweigsam und allein war.

»Ihm liegt nicht so viel an anderen Leuten«, sagte Jimmy.

»Hat er denn keine Verwandten?«

»Na ja«, sagte Jimmy und kratzte sich mit seiner Gabel den Bart, »da ist mal Hennit, aber den kann man wohl nicht wirklich 'nen Verwandten nennen. Und dann gab's da noch die Ente.«

»Was für eine Ente?«

»Der alte Schneeschuh hatte früher mal eine Kampfente namens Goliath. Die nahm er von Goldgräberlager zu Goldgräberlager mit und ließ sie gegen Hunde kämpfen. Damit hat er eine Menge Geld verdient. Alle wetteten, dass die Ente nicht gewinnen würde, aber kein Hund kam gegen sie an. Außer einem.« Jimmy seufzte. »Na ja, irgendwie war diese Ente wohl so was wie 'ne Verwandte für ihn.«

Lieber Onkel Matt, liebe Tante Beulah und Cousine Batty,

wir haben gerade den Brief erhalten, den ihr uns vergangenen Sommer geschickt habt. Es war der erste, den wir überhaupt hier in Lucky Diggins bekommen haben, und es war ein großes Vergnügen, von euch zu hören und alles über die kleine Batty zu erfahren. Ich bin sicher, dass sie den Rechtschreibpreis und die Kunstauszeichnung verdient hat, und wir alle werden bei der Wahl zur Osterprinzessin für sie stimmen, das könnt ihr euch sicher vorstellen.

Mama und ich sind sehr beschäftigt mit der Herberge und müssen dauernd schmutzige Hemden waschen und Kaninchen abziehen und Bärenfett und Lauge für die Seife kochen. Butte macht immer noch kleine Hilfsdienste für die Goldgräber und vermietet unser Maultier, Sweetheart, für einen Dollar pro Tag an Neuankömmlinge, die sich von ihm ihr Hab und Gut flussaufwärts tragen lassen. Butte muss morgens auch den Saloon sauber machen. Je mehr die Goldgräber trinken, desto mehr Goldstaub fällt auf den Boden, und so hat er begonnen den Kehricht durchzusieben. Dabei hat er letzte Woche genug Gold zusammengebracht, dass er ein Fässchen Pökelfleisch kaufen konnte. Es war nur zum Teil verdorben und so konnten wir seither jeden Abend etwas davon essen.

Prairie kümmert sich um Sierra und jätet Unkraut; jetzt gerade breitet sie Dünger auf dem Fleck aus, der nächstes Jahr unser Gemüsebeet werden soll. Die Gartenarbeit ist ihre Leidenschaft. Sierra stolpert nur herum und macht in ihre Windeln, aber etwas anderes erwarten wir von ihr gar nicht, weil sie ja erst zwei ist. Ich finde, wir sollten Sierra einfach auf das Gemüsebeet setzen, das würde uns Arbeit ersparen.

Mama fand diesen Brief, bevor ich ihn aufgegeben hatte, und damit war meine Briefschreiberei für eine Weile beendet. Sie übertrug mir Prairies Arbeit, Mauleselmist für den Garten zu sammeln.

So habe ich erfahren, dass etwas Geschriebenes so gefährlich sein kann wie ein Grizzlybär, wenn es in die falschen Hände fällt.

Liebe Großmama und lieber Großpapa,

es ist schon fast Weihnachten. Wenn ihr fragen würdet, was ich mir als Geschenk wünsche, dann würde ich sagen, ein Buch und ein Kleid mit roten Rosen, aber ich will damit gar nichts andeuten, denn ich weiß, dass ihr diesen Brief bestimmt nicht mehr zu Weihnachten bekommen werdet.

Als Weihnachten näher rückte, war unsere Herberge erfüllt von Geflüster, Geheimnissen und Gekicher, die die Vorbereitungen unserer gegenseitigen Geschenke begleiteten: Hagebutten-Halsketten, Puppen aus Maiskolben, Sahnebonbons und Popcorn, das mit Sirup gesüßt war.

Am 24. Dezember saß ich da, stopfte Schneeschuhs Socken als Geschenk für ihn und trauerte einem Weihnachtsfest entgegen, an dem es keinen Truthahn und keine Hackfleischpastete, keinen Eierflip und keine Schlittenfahrten, keine Großmama und keinen Großpapa geben würde. Dann dachte ich an den Mann mit den großen Füßen, wie er im Schnee über den Pass stapfte und keine Verwandten als eine tote Ente hatte.

Da lief ich hin und umarmte Mama, Prairie, Sierra und sogar Butte, der ein bisschen brummte, aber mich immerhin nicht wegschob.

Liebe Großmama und lieber Großpapa,

habt Dank für Das Erbauungsbuch für junge Christen, das ihr mir zu Weihnachten geschickt habt. Ihr könnt euch meine Überraschung vorstellen, als ich mein Weihnachtspäckchen öffnete und es da liegen sah.

Ich hoffe, das Bild aus gepressten Blumen, das ich euch geschickt habe, gefällt euch. Jimmy Schnurrbart sagt, dass die Blüten vom Manzanita-Baum kommen, der in Massachusetts nicht wächst, sondern nur in Kalifornien gedeiht, weil er sich hier ausbreiten kann.

Ich weiß, ihr habt Recht, Mama braucht meine Hilfe hier, aber es tut mir Leid, dass ihr meint, es würde euch zu viel Mühe machen mir ein Zimmer bei euch zu geben. So alt seid ihr doch noch gar nicht.

Ganz die eure
Lucy Whipple

SIEBENTES KAPITEL
WINTER 1850

In dem ich Jagd auf Klapperschlangen-Joe mache und mein Abendessen im Stehen einnehmen muss

Dieser Winter war der kälteste und nässeste, an den sich alle Welt erinnern konnte. Tag für Tag fiel Regen auf die Zelte und Bäume und die Schmiede, auf die halb fertigen hölzernen Gebäude und die Abfallhaufen am Straßenrand, auf Kaninchenbauten und Bärenhöhlen, auf Indianer und Goldgräber und Ladenbesitzer; und auf mich.

Die Bäche führten Hochwasser, die Flüsse traten über ihre Ufer und spülten Zelte und Hütten zur Bucht hinunter und aufs Meer hinaus. Niemand konnte arbeiten, ja, keiner konnte einen Schritt tun, ohne dass seine Stiefel in dem tiefen, zähen Schlamm stecken blieben. Unsere Zelte waren tags von Wasser durchtränkt und gefroren in der Kälte der Nächte. Die Frachtwagen stellten ihren Verkehr vollständig ein und wir mussten auf das zurückgreifen, was wir an Essbarem jagen, ausborgen oder sonstwie auftreiben konnten.

Manchmal stand ich am Zelteingang, sah zu, wie es schüttete, und dachte mit großer Sehnsucht an den Regen von Massachusetts, der nicht aus eisigen Nadeln bestand wie dieser hier, sondern aus dicken, weichen Tropfen, die sich in riesigen runden Flecken auf dem trockenen Boden abzeichneten, dicke saftige Tropfen, die wir auf der Zunge auffingen und durstig tranken. Oft stand ich da, bis mir die Augenwimpern gefroren und der eine oder andere Herbergsgast mir die Zeltklappe aus der Hand riss und schimpfte: »Herrje, mach doch zu, kleine Schwester! Nichts für ungut, aber es is' so kalt hier drin, dass mir die Hose schon am Hintern festfriert.«

Die wenigen Goldgräber, die über den Winter blieben, verbrachten ihre Tage und Nächte im Saloon, bis der Whisky alle war. Dann kamen sie zurück in die Herberge und wir lernten uns immer besser kennen, denn der kalte Regen zwang uns die meiste Zeit drin zu bleiben, zu arbeiten, Geschichten zu erzählen, zu streiten und uns zu beklagen.

An einem Nachmittag spülte uns der Regen einen jungen Mann mit Lockenkopf herein, der vom Osten kam und sich auf seinem Weg von Downieville hierher verirrt hatte. Er trug zu seinen Goldgräberstiefeln und dem Flanellhemd einen schwarzen Seidenzylinder, der aus seinen Dandy-Tagen übrig geblieben war. Er rasierte sich jede Woche und spuckte nie im Zelt auf den Boden. Wir nannten ihn den Gentleman.

Der Gentleman war groß genug, um Eiszapfen von den Zeltstangen zu brechen, die man lutschen konnte, und er konnte »Aura Lee« und »I Gave My Love a Penny« auf der Fiedel spielen, die erste Musik in Lucky Diggins, die nicht von Maultieren oder Elstern oder vom Brausen des Flusses gemacht wurde. Jede Nacht drängten wir uns um den Kochherd zusammen, versuchten uns gegenseitig warm zu halten und hörten zugleich zu, sangen und schlugen mit den Füßen den Takt.

»Ich finde«, sagte Amos, als der Gentleman eine besonders spaßige »Sweet Betsy From Pike« gesungen hatte, »es gibt nix Besseres als 'ne Ballade in einer Regennacht.«

»Was ist eigentlich eine Ballade?«, fragte ich.

»Na ja, kleine Schwester, ich würd sagen, eine Ballade ist ein Gedicht, das die Geschichte der ungewöhnlichen Taten kleiner Leute erzählt. Du kannst 'ne Ballade aufsagen oder singen oder nur ihre Melodie spielen, wenn die Leute sie sowieso kennen. In Texas hab ich ’ne Menge davon gelernt.«

»Sag uns eine auf, bitte.«

»Na gut, mach’s dir bequem und sperr die Ohren auf, Schwesterchen, dann sollt ihr eine besonders schöne Ballade hören. Stellt euch vor, wir sind draußen und sitzen rund um ein Feuer aus Kuhfladen und getrocknetem Gras. Die Nacht is’ so schwarz, dass du die Hand nicht vor den Augen erkennst, und da hockst du, schaust dir den Mond durch den Flaschenboden an und hörst den Gesang der Kojoten. Und dann fängt einer an:

Er war ein Kerl, der am liebsten Schlimmes tat,
zum Gurgeln nahm er Whisky einfach so.
Er kämmte sich das Haar mit Stacheldraht,
das war der Klapperschlangen-Joe.

Er stocherte die Zähne mit dem Messer aus
und Rauben, Morden war ihm ein Genuss.
Er rannte mit dem Pferd die alten Damen um
und Kinder schubst’ er einfach in den Fluss.

Kam Sheriff Bueller in die Stadt herein,
trug auf der Brust den Stern aus blankem Blech:
›Den Burschen hol ich mir und loch ihn ein,
weiß Gott, er ist ganz unerträglich frech!‹

Sofort war in der Stadt der Teufel los,
doch ins Gefängnis kam kein einz’ger Mann:
Den Sheriff Bueller intressierte eines bloß:
Wie er den Rowdy endlich stellen kann.

Ritt auf der Spur und aß nicht Fleisch, nicht Brot
und trank nichts, bis er ihn am Ende fand.
In einer Hütte, finster wie der Tod,
der Joe dem Sheriff gegenüberstand.

Da steht der Sheriff wild und heiß,
er weiß, dass die Entscheidung fallen muss.
Joe war bereit und kalt wie Eis,
er legt' den Sheriff um mit einem Schuss.

Die Kugel schlug dem Sheriff durch den Leib
und dann ans Eisenbettgestell,
und an den Pickel und das Goldwaschzeug,
da klang das Eisen grausig hell.

›Bong‹, tat der Kessel, als die Kugel traf,
den im Kamin die starke Kette trug.
Ein Ziegel fiel darauf vom Schornstein ab,
der prompt des Sheriffs Pferd erschlug.

Es dunkelte bereits, wild blies der Wind,
die Kugel wie durch Zauberbann
traf einen Grizzly, der ein Kind
zu fressen beinah schon begann.

Als dann die Posse zu der Stelle kam,
der Mörder höhnisch seinen Mund auftat:
›Ich nahm den Bären grad aufs Korn,
als dieser Mann dazwischentrat.‹

Da lacht' der Deputy und glaubt' es nicht,
Joe war so falsch wie falsches Geld,

jedoch die Mutter, Tränen im Gesicht,
rief: ›Joe, du Retter, Joe, mein Held!‹

Der Joe steigt auf, schaut sich nicht einmal um,
und Rauben, Morden sind ihm ein Genuss,
er stochert mit dem Messer in den Zähnen rum,
wer weiß, wer heut noch durch ihn sterben muss.

Drum wenn so einer um dein Camp rummacht,
schaut, was es gibt, und grinst nur so,
versteck dein Gold, Weib, Kind und gib gut Acht,
vielleicht ist's Klapperschlangen-Joe.«

»Hej!«, sagte Jimmy Schnurrbart und schlug Amos auf den Rücken. »Die Geschichte hat's in sich.« Er lachte, hob Prairie auf seine Schultern, und dann versuchten sie Mama zu überreden, ihnen ein oder zwei Stück Maiskuchen zu geben, damit sie bis zum Frühstück nicht verhungerten. Aber ich saß wie angewurzelt da. Verfluchte Schweinerei – wenn es Klapperschlangen-Joe nun wirklich gab? Wenn er einer unserer Herbergsgäste war? Beim Gedanken an Mr. Coogan, wie er in seinen Zähnen stocherte und mich grimmig ansah, musste ich lachen. Wenn unser Gast Mr. Coogan Klapperschlangen-Joe war?

»Hör mal«, sagte ich später zu Butte, »ich habe schon lange das Gefühl, dass mit Mr. Coogan was nicht stimmt. Er gräbt oder wäscht kein Gold. Er hat keinen Job, kein Geschäft, keine Pläne. Er läuft nur den ganzen Tag herum, steckt in alles seine Nase, und nachts sitzt er da und starrt auf dieses Blatt Papier. Ich glaube, er führt nichts Gutes im Schilde. Ich glaube, er könnte wirklich der Klapperschlangen-Joe sein.«

Butte war skeptisch. Ich selbst war auch nicht vollkommen

überzeugt, bis mir klar wurde: *Wenn* die Geschichte stimmte und *wenn* es Klapperschlangen-Joe wirklich gab und *wenn* er ein Verbrecher war, hatte man wahrscheinlich eine Belohnung für seine Ergreifung ausgesetzt. Und *wenn* Mr. Coogan Klapperschlangen-Joe war und *wenn* ich half ihn zu ergreifen, dann würde *ich* die Belohnung bekommen! Ich begann Mr. Coogan genau zu beobachten, aber er tat nur so harmlose Sachen wie essen und schlafen und sich den Weg durch den Regen zum Klosett draußen bahnen.

Als der Regen ein wenig schwächer wurde, verließ er den Schutz der Herberge und ging in der Stadt herum. Ich folgte ihm, wann immer ich mich freimachen konnte. Er trug sein geheimnisvolles Stück Papier zusammengefaltet in seinem Hut und holte es hin und wieder heraus, las es und lachte dabei in sich hinein. Butte nahm an, es sei eine Landkarte von einer geheimen Goldmine, aber ich war überzeugt, dass es eine Abschrift der Ballade vom Klapperschlangen-Joe war.

»Mama«, sagte ich schließlich, »wir müssen den Sheriff aus Marysville holen lassen. Ich glaube, dass Mr. Coogan vielleicht der Klapperschlangen-Joe ist.«

»Er ist Percival Coogan und kein Verbrecher.«

»Aber Mama, er ist doch sehr verdächtig. Er gräbt nicht nach Gold, geht nicht auf die Jagd, spielt und trinkt nicht. Er läuft einfach im Regen herum und murmelt vor sich hin und redet mit niemandem. Was tut er eigentlich hier?«

»Er zahlt seine achtzehn Dollar zwanzig Cent in der Woche, das tut er. Nun lass den Mann bloß in Ruhe.«

»Aber Mama …«

»Nichts da Mama. Wer hat dir bloß diese Idee in den Kopf gesetzt? Los, mach ein Feuer im Hof. Wir müssen die Betttücher waschen, bevor es wieder zu regnen anfängt.«

Ich verfolgte Mr. Coogan weiter ganz vorsichtig und heimlich, damit weder er noch sonst jemand mich sah. Durch den vielen Regen sahen die Schürfstellen aus, als hätte dort eine ganze Armee von Schweinen gewühlt, und ich rutschte im matschigen Schlamm aus. Alles sah so verändert aus und ich musste so weit zurückbleiben, dass ich mich ein paar Mal verirrte und beinah mit Mr. Coogan zusammenstieß, der schon umgekehrt war. Dann zitterte ich auf dem ganzen Heimweg.

Ich folgte ihm flussabwärts und wieder flussaufwärts, aufs Steilufer und wieder hinunter, in den Wald und wieder heraus. Ich spähte durch Zelttüren und sah, wie er den Goldstaub in Mr. Scatters Geldschublade beäugte, die Kartenspieler und ihre Beutel voll Goldstaub betrachtete, schnaubte, wenn im Saloon Schnaps und Geld an ihm vorbeigeschoben wurden, aber ich konnte ihn bei keiner bösen Tat ertappen.

»Was ist los, kleine Schwester?«, fragte der Gentleman. »Du schaust besorgt drein wie eine Ente, die sich in der Wüste verirrt hat.«

»Es ist wegen Mr. Coogan. Finden Sie es nicht verdächtig, dass er die ganze Zeit hier ist und nichts tut um Geld zu verdienen oder auszugeben?«

»Ist schon komisch, aber kein Verbrechen.«

»Und wenn er Klapperschlangen-Joe wäre und Ihnen auf dem Weg zurück in die Stadt auflauern würde und Sie mit einer Kugel im Kopf liegen lassen und mit Ihrem Geld auf und davon gehen würde?«

»Nun, kleine Schwester, der Mann hat ja bis jetzt nichts Ungesetzliches getan. Aber beobachte ihn nur weiter. Vielleicht wirst du noch irgendwann zur Heldin.«

Ich wollte keine Heldin werden – ich wollte nur die Belohnung. Ich wusste, dass ich nicht zur Heldin geboren war, aber Butte war es vielleicht.

»Butte«, sagte ich eines Morgens früh, »wenn Mr. Coogan

wirklich Klapperschlangen-Joe ist, sind wir in ernster Gefahr – ich und Prairie und die goldlockige Sierra und deine geliebte Mama …« Ich trug ziemlich dick auf, und noch bevor er wusste, wie ihm geschah, waren er und Sweetheart trotz des Regens auf dem Weg nach Rocky Bar, um den Deputy, also den Hilfssheriff, zu holen.

»Wo ist denn Butte, Mädchen?«, fragte Mama beim Abendessen.

»Bitte nenn mich Lucy.«

Mama runzelte die Stirn und schwieg.

»Er hilft Franzosen-Pete Vorräte nach Rocky Bar zu transportieren. Er ist morgen wieder zurück«, sagte ich und sah auf meine Fußspitzen. Ich war überzeugt, dass Lügen etwas Schlimmes war, und ermahnte Prairie und Sierra immer, die Wahrheit zu sagen. Aber das waren äußerst ernste Umstände und es ging außerdem um Geld für Massachusetts, deshalb log ich, sah aber vorsichtshalber auf meine Fußspitzen, um Mamas Blick nicht begegnen zu müssen.

Der hässliche Gast, der wahrscheinlich Klapperschlangen-Joe war, starrte mich mit seinem ausdruckslosen kalten Blick an, sagte aber kein Wort. Doch am nächsten Morgen war der Regen zu einem heftigen Gewitter mit Donner und Blitz geworden und es stürmte so, dass ich an die *Schweizer Familie Robinson* denken musste. Mr. Coogan zog seine Stiefel und seinen pelzgefütterten Mantel mit dem Biberkragen an und verschwand nach draußen. Ich blieb zu Hause, um auf den Deputy zu warten, aber weder der Gast noch Butte kamen an diesem Tag zurück.

Das Unwetter verzog sich und Butte kam am nächsten Morgen mit dem Deputy in die Stadt geritten. Mr. Coogan war nicht zurückgekehrt. Er kehrte nie mehr zurück. Es sah aus, als wäre er einfach in den Sturm davongewandert und hätte seine ganzen Habseligkeiten zurückgelassen. Der Deputy, Amos Frogge, Mr. Scatter und der Gentleman machten sich auf die Suche nach ihm, aber der Regen hatte seine Fährte verwischt und sie sahen nie mehr eine Spur von ihm. Sie meinten, er habe sich im Unwetter verirrt und sei ertrunken oder von einem Grizzly gefressen worden. Ich war der Ansicht, dass er schleunigst die Stadt verlassen hatte, nachdem ihm klar geworden war, dass Butte den Arm des Gesetzes herbeirief.

Mama schimpfte mit Butte, aber mich verdrosch sie. »Halt gefälligst deine Fantasie etwas mehr im Zaum und hör auf Geschichten zu erzählen, sonst bringst du noch jemanden in ernsthafte Schwierigkeiten.« Ich fand, dass ich schon jemanden in ernste Schwierigkeiten gebracht hatte. Mich nämlich. Das Abendessen musste ich im Stehen einnehmen.

»Ich glaube, seine Flucht beweist«, sagte ich zum Gentleman, der beschlossen hatte zu bleiben und sein Glück in Lucky Diggins zu versuchen, »dass er wirklich Klapperschlangen-Joe war.«

»Könnte schon sein, kleine Schwester, könnte sein, aber es is' nicht immer klug, nach dem Schein zu gehn«, sagte der Gentleman und zwinkerte mir zu, während er mit seinem Bowie-Messer in den Zähnen stocherte.

Bis heute kann ich nicht sicher sagen, ob Klapperschlangen-Joe Mr. Coogan war. Aber er hätte es sein können. Oder der Gentleman. Oder sonst jemand. Oder überhaupt niemand. Und ich werd's nie herausfinden. Solche Sachen, die weder wahr noch gelogen, weder richtig noch falsch sind, machen mich ganz verrückt.

ACHTES KAPITEL
Frühling 1851

In dem Mama wütend wird, Sweetheart verloren geht und ich etwas erfahre, was ich lieber nicht erfahren hätte

Mit dem Frühjahr kamen die Goldgräber zahlreicher als je zuvor zurück, als hätten sie der biblischen Aufforderung Folge geleistet, fruchtbar zu sein und sich zu mehren. Unser Zelt war gerammelt voll mit Herbergsgästen und das bedeutete eine ganze Menge zusätzlicher Arbeit. An einem Sonntag platzte Mama der Kragen. Sie schubste mein Buch mit einem Fußtritt hinaus in den Dreck, gab Prairie eine Ohrfeige, weil sie den letzten Pfannkuchen stibitzt hatte, und schnauzte den Gentleman an: »Hören Sie schon auf, mich mit Ihren Kuhaugen anzuschmachten und tun Sie was Nützliches!« Schließlich seufzte sie tief und sagte: »Ich werd noch verrückt vom Bohnen-Kochen und Betttücher-Waschen und Pfannkuchenteig-Schlagen. Ich muss mal raus, einen Spaziergang machen und mir die Knospen der Bergeichen ansehen. Prairie kann sich um Sierra kümmern und die Socken stopfen, die auf meinem Stuhl liegen. Butte, hol uns ein bisschen Grünzeug vom Flussufer zum Essen. Miss Lucy California, du gibst jedem, der aufkreuzt, sein Mittagessen, sammelst ein paar Arme voll Feuerholz und setzt die Kartoffeln auf. Ich bin dann rechtzeitig zum Abendessen wieder da.«

Das Abendessen am Sonntag war die Mahlzeit, zu der alle zusammenkamen: die Herbergsgäste, die ganze Familie und sogar ein paar von den Goldgräbern, die die Woche in ihren Zelten flussaufwärts verbrachten und ein bisschen Goldstaub übrig hatten. Dicht gedrängt saßen wir um den rohen Holztisch auf Bänken, Kisten und Fässern, in denen Pökelfleisch und Sauerkraut für den Winter gewesen waren. Mama trug Schüsseln voll Kartoffeln, manchmal ein Eichhörnchen oder Eintopf oder Bohnen mit Pökelfleisch und Sirup auf, ein Stück von ihrem harten trockenen Brot und Butterschmalz, das den ganzen Weg von Boston hierher gereist war. Die Goldgräber waren besonders hungrig nach einem Tag voller verachtenswerter Arbeiten wie Hemden waschen, Löcher in Hosen stopfen und die Stiefel mit Bärenfett einreiben, um sie wasserabweisend zu machen.

An diesem Sonntag schrieb ich einen Brief an Großmama und Großpapa.

Wir aßen Semmeln und Hirschfett und gekochte Rüben zum Abendessen und ich erinnerte mich an Großmamas Austerneintopf. Ich dachte, ich müsste euch schreiben und euch bitten mir etwas davon zu schicken, und stellte mir vor, wie Schneeschuh-Ballou über den Pass bei French Creek kam, die Tasche mit den Briefen tropfend von Austernsoße und sämtliche Dachse, Skunks und Wiesel der Sierra hinter ihm drein.

Butte hat ein Bad genommen. (»Was heißt hier schmutzig? Hab bloß 'n bisschen schwarze Füße.«) Asa Tooney schlug eine *Illustrierte Polizei-Gazette* auf, die er in Marysville bekommen hatte. (»Nimm deine Pfoten da weg, damit ich lesen kann. Verdammt, du verknitterst sie ja, du Miststück. Pass auf, jetzt is' auch noch 'n Riss in der Titelseite. Gleich setzt's was, du …«) Verfluchte Schweinerei, jetzt brauchte ich auch ein bisschen frische Luft.

Nach einem kurzen Besuch im Kaufladen, in dem ich für ein

wenig Goldstaub Lakritze vom letzten Jahr, so hart wie Kandiszucker und doppelt so staubig, einhandelte, lag ich genüsslich in der Nachmittagssonne, den Rock bis zu den Knien heraufgezogen, dachte mir Geschichten aus, in denen allerlei Zaubereien und Wunder vorkamen, und sang »Amazing Graze«, »Turkey in the Straw« und »Woodman, Spare That Tree« vor mich hin. Baum! Verfluchte Schweinerei! Ich hatte ganz vergessen in den Wald zu gehen! Mama, die ohnehin schon höchst gereizt war, würde mir wahrscheinlich das Fell über die Ohren ziehen.

Ich biss mir auf die Lippe und versuchte nachzudenken. Ich hatte nicht mehr genug Zeit, die drei oder vier Mal die Schlucht hinaufzugehen, die ich brauchte, um die Feuerholzkiste zu füllen. Butte war noch nicht zurück. Prairie passte auf Sierra auf. Na gut, dann würde ich eben Sweetheart und ein paar Körbe mitnehmen. Dann würde es schneller gehen und ich wäre rechtzeitig zu Hause, um die Kartoffeln aufzusetzen.

Ich holte die Stute aus ihrem Stall, warf ihr den Halfterstrick über den Nacken und band ihr auf beiden Seiten einen Korb fest. Sweetheart verdrehte jedes ihrer Ohren einzeln, erst das braune, dann das weiße, und ließ sich den Weg in die Schlucht hinaufziehen.

Der Weg führte in vielen Windungen hoch hinauf, wo es kühler war, die knorrigen Eichen quollen von Mistelbüscheln über und zwischen den von vorfrühlingshaftem Grün überzogenen Wiesen waren große Flecken dunkler, feuchter Erde zu sehen. Ich warf Stöckchen und Zweige und Kiefernzapfen in die Körbe, summte dabei und schob und zog das Maultier dahin.

Auf einer kleinen Lichtung blühten wilde Erdbeeren. Ich ließ Sweethearts Strick baumeln, setzte mich mit überkreuzten Beinen in das junge Gras und flocht zwei Kränze aus den Blättern und Blüten, einen für mich und einen, den ich über Sweethearts weißes Ohr warf. Sweetheart lachte oder schimpfte – ich konnte es nicht unterscheiden, denn ihr Geschrei klang immer wie ein verstimmtes Harmonium –, und dann fraß sie ihren Kranz auf.

Im Gesträuch entdeckte ich eine Art kleinen Turm aus ineinander verflochtenen Zweigen und Gras. Ich ging darum herum und sah ihn mir genau an. Ich stellte mir vor, dass es ein Türmchen für ein kleines Rapunzel war, und verbrachte eine Zeit lang damit mir vorzustellen, wie der Prinz an Rapunzels langem Haar hinaufkletterte und wie dann die Hexe auftauchte. Aber weder der Prinz noch die Hexe kamen wirklich und ich machte mich wieder auf den Weg. Als ich einen Abhang hinunterkam, sah ich zu meiner Linken ganz deutlich einen Baum, der sich zu einem Ypsilon verzweigte. Solche Bäume nannten wir zu Hause Wunschbäume, denn wenn man sich in die Gabelung setzte und sich etwas wünschte, ging ganz bestimmt der Herzenswunsch in Erfüllung. Mit einem frohen Lächeln kletterte ich hinauf, schloss die Augen und wünschte mir: *Mein größter Wunsch ist es, wieder nach Hause zu fahren, nach Massachusetts.*

Dann ließ ich den Blick von meinem Hochsitz aus schweifen. Die Sonne stand tief am Himmel und ich sah Bäume, so weit das Auge reichte. Manche waren rosafarben oder weiß von Blüten, andere trugen das helle Grün der neuen Blätter, die meisten aber waren dunkle Nadelbäume, die hier oben so dicht an dicht standen. In der Ferne entdeckte ich eine kleine Lichtung, auf der ein Maultier langsam vor sich hin trottete ... Sweetheart! War das Sweetheart? Wo hatte ich sie denn zurückgelassen? Und wo war sie jetzt? Und wo war ich?

Wieder sah ich mich um. Hier wuchsen die gleichen Kiefern wie in Lucky Diggins, aber es war kein Fluss da. Die gleichen Brombeersträucher, aber kein Bach. Die gleichen Eichen, aber keine Zelte. Ich sollte wohl schleunigst zurückgehen, dachte ich. Dummerweise wusste ich nicht wohin. Die Bäume sahen alle gleich aus und reckten ihre riesigen Äste in den weiten, endlosen Himmel hinein.

Ich kletterte vom Baum und rannte eine Weile herum, aber ich wurde immer konfuser. Von Zeit zu Zeit hörte ich einen Schuss und schrie: »Ich bin hier, Mama, hier oben«, weil ich sicher war, dass Mama schon zurück war und sich Sorgen um mich machte und sich mit einem Suchtrupp auf den Weg gemacht hatte, der jetzt Signalschüsse abgab. »Hier, Mama, hier«, rief ich immer wieder, während die Sonne sank und die Schüsse immer ferner verhallten.

Schließlich warf ich mich auf die Erde und weinte. Ich bin so gut wie tot, dachte ich. Ich werde verhungern oder erfrieren oder von einem Grizzly gefressen. Sie werden nur noch meine Knochen finden. Und ein bisschen blondes Haar, das an meinem Schädel klebt.

»Warum weinft du?«, fragte Prairie.

Prairie! »Was um alles in der Welt machst du hier?«, fragte ich, wischte mir die Nase mit dem Handrücken und den Handrücken am Rock ab.

»Mama hat gefagt, ich foll dich holen. Du kommft zu fpät zum Abendeffen«, sagte Prairie. Ihr Vorderzahn war endgültig herausgefallen.

»Wie hast du mich denn gefunden?«

»Bin die Schlucht rauf, dann ein biffchen nach linkf, und da warfst du schon. Komm, wir gehn.«

»Wir können nicht gehen. Wir haben uns verirrt.«

»Lufy«, sagte Prairie, »du bift daf dümmfte Mädchen, daf ich kenne. Wir find doch blof einen Katzenfprung von zu Hauf weg.«

Ich erklärte ihr, wie ich Sweetheart verloren hatte und seither den Heimweg suchte. Wir sahen uns eine Weile nach dem Maultier um, riefen nach ihm und versuchten Maultierschreie nachzumachen, aber wir bekamen keine Antwort. Dann folgte ich meiner kleinen Schwester zurück nach Lucky Diggins, mit hängendem Kopf, aber froh, dass ich nicht verloren gegangen war oder Schlimmeres. Mama wird glücklich sein, dass ich noch lebe, dachte ich.

»Hier find wir, Mama«, sagte Prairie. »Fie war blof da oben.«

Mama sah mich an. Sie schaute gar nicht glücklich aus. »Du hast vergessen die Kartoffeln aufzusetzen.«

Ich sagte nichts über das Maultier, während wir unsere Kohlsuppe und unseren Rübeneintopf mit gepökeltem Schweinefleisch und dazu Buttes Salat aus Wildkräutern und Schlüsselblumen und einen Rührteigpudding aßen, aber keine Kartoffeln.

Nach dem Essen, als die Teller gewaschen und die Töpfe mit Sand gescheuert und der schmutzige Boden mit einem Maisblätterbesen gefegt waren, holte der Gentleman seine Fiedel und der neueste Herbergsgast, Rusty Hawkins, zog seine Mundharmonika heraus und wir kriegten Musik zu hören. Ich hatte eine Auseinandersetzung mit Mama, und dann setzte ich mich hin und schrieb beim Licht einer Schmalzöllampe einen Brief.

Liebe Großmama und lieber Großpapa,

manchmal frage ich mich, ob eure Tochter jemals selbst ein Kind war. Die Bibel sagt, dass wir nach Vollkommenheit streben, aber nicht, dass wir immerzu vollkommen sein sollen. Ich weiß, es ist meine Schuld, dass Sweetheart weg ist – das ist eine lange Geschichte, die ich euch ein andermal erzählen werde – und mit ihr ein zusätzliches Einkommen für uns, aber ich glaube, es ist sehr ungerecht, dass mir dafür mein Geld weggenommen wird.

Nach dem Abendessen erzählte ich Mama, dass ich das Maultier verloren hatte. Ich dachte, sie würde schimpfen oder sogar fluchen, weil sie schon eine richtige Kalifornierin ist, aber stattdessen sagte sie ganz ruhig: »Sechzehn Dollar.«

»Wofür?«, fragte ich.

»So viel hat das Maultier gekostet.«

»Und wo soll ich sechzehn Dollar herbekommen?«

»Aus dem dreckigen alten Topf, in dem du Goldstaub und Geld hortest.«

Ich erzählte ihr, dass das mein Geld für die Rückkehr nach Massachusetts sei, da schnaubte sie verächtlich und sagte: »Also, ich glaube, du wirst nie dorthin kommen, wenn du weiterhin solchen Blödsinn machst, wie unser Maultier zu verlieren. Sechzehn Dollar.«

Und so ist heute Abend in meinem Gurkentopf gähnende Leere, ich wurde in Ungnade ins Bett geschickt und bin wütend wie eine Kröte in der Bratpfanne, wie Jimmy sagen würde. Wie können nette Leute wie ihr je so eine Tochter bekommen haben?

Ich steckte diesen Brief unter meine Strohmatratze um abzuwarten, wann ich ihn würde wegschicken können. Ich hörte Musik und Gelächter, und obwohl ich Mama nicht die Befriedigung geben wollte mich beim heimlichen Zugucken zu erwischen, spähte ich durch den Vorhang.

Sie tanzten. Die Männer, die nicht Mama oder Prairie als Partnerin hatten, tanzten miteinander und stritten sich, wer anführen durfte und wer wem auf den Fuß gestiegen war. Tanzen machte mir großen Spaß, aber allein und auf der Wiese vor dem Haus in Massachusetts in einer warmen Sommernacht. Im Herbergszelt in den Armen eines Goldgräbers herumzustolpern, der dringend ein Bad gebraucht hätte, entsprach nicht meinem Traum vom Tanzen.

Dann legte der Gentleman seine Fiedel hin und schwang Mama zur Musik von Rustys Mundharmonika herum. Sie lachte und sah sehr jung aus, so als hätte sie für ein Weilchen das entgangene Geld und das verlorene Maultier vergessen. Wenn ich nicht so verflucht wütend gewesen wäre, hätte es mir vielleicht sogar Leid getan, dass ich ihr Schwierigkeiten machte.

Als sich alle ausgetanzt hatten, ruhten sie ihre müden Füße eine Weile aus, während Mama Sirup für Karamellbonbons aufkochte. Die Herbergsgäste halfen ihr, indem sie sich die Hände mit Speck einrieben und dann den Sirup in lange Strähnen auseinanderzogen, die sie zusammenlegten und wieder so lange zogen, bis sie eine essbare Konsistenz hatten. Inzwischen schien mehr von der grauen, klebrigen Bonbonmasse an ihren Händen und Mündern zu sein als in der Pfanne. Ein paar Goldgräber begannen Domino zu spielen, während andere sich ins Bett oder in den Saloon trollten, um zu viel zu trinken und unter den Tischen ihren Rausch bis zum Morgen auszuschlafen.

Dann hörte ich den Gentleman sagen: »Die Frau gefällt mir wirklich.«

Welche bloß?, dachte ich und pirschte mich heran, wobei ich Becher und Teller zusammenstellte, um besser zuhören zu können.

»Wem denn nicht?«, sagte Rusty.

»Ja. Und ich hab vor, sie zu heiraten.«

Wen denn?, dachte ich wieder. Belle Scatter? Milly aus dem Saloon?

»Und wieso glaubst du, sie wird ausgerechnet dich nehmen, du Stinktier?«

Mit einem Lächeln in seiner Stimme antwortete der Gentleman: »Wegen meinem Charme, meinem guten Aussehen und meinem Geld.«

Rusty gab ihm einen derben Stoß in die Rippen. »Jetzt

schlägt's aber dreizehn. Du hast doch wohl den Charme von einem Moskito, das gute Aussehen von einem Schweinehintern und weniger Geld als jedes Greenhorn im Spielsalon. Also, ich würd sagen, mit Jimmy wär sie besser dran.«

»Trotzdem«, sagte der Gentleman, »hab ich vor, Arvella zu heiraten.«

Ich ließ den Stapel Teller fallen und das Blech schepperte ohrenbetäubend durchs Zelt. Mama? Sie redeten von Mama? Der Gentleman wollte meine Mama heiraten? Als wenn Pa nichts als Futter für die Würmer wäre und nicht mehr Pa, jetzt, wo er tot war!

Mama war alles, was ich noch hatte, und ich würde sie um keinen Preis irgendeinem Mann überlassen, selbst wenn er Locken und eine Geige hatte wie der Gentleman. Mein Herz trommelte wie der Regen auf dem Zeltdach, als ich mich auf die Suche nach Mama machte.

Mama war weder im Vorderzelt noch in dem großen Zelt, in dem die Herbergsgäste schliefen. Weil ich dachte, sie sei vielleicht zum Klohäuschen draußen gegangen, nahm ich eine Kerze und trat in die Nacht hinaus. Der Mond tauchte zwischen Wolkenschleiern auf und einen Augenblick lang fühlte ich mich zurückversetzt nach Massachusetts, wo Pa flüsterte: »California, steh auf. Komm und schau. Komm doch«, und da sah ich gleich vor der Tür im Licht des Wintervollmondes eine Gruppe Wildkaninchen, vom Licht aus ihrem Bau gelockt, auf dem krustigen Schnee herumtollen.

Dann verschwand der Mond wieder hinter den Dunstwolken. Pa war fort und ich war wieder in Lucky Diggins und suchte nach Mama.

Mama stand ganz allein in der Nähe des Baumstumpfs.

»Was machst du da, Mama? Es sind doch gar keine Sterne zu sehen.«

Ich sah sie in dem Lichtstreifen, der aus dem Zelteingang fiel, lächeln. »Ich rede nur mit deinem Pa.«

Mir fiel ein Stein vom Herzen. Der Gentleman hatte wohl noch ein hartes Stück Arbeit vor sich.

NEUNTES KAPITEL
FRÜHLING / SOMMER 1851

In dem Butte und ich ganz gebildet werden

Die warmen Frühlingstage ließen die wilden Blumen – Senf-Lupinen, goldener Mohn, wilder Flieder und Waldanemonen – so üppig aufblühen, dass die von den Goldgräbern zurückgelassenen Löcher und Gräben fast vollständig überwuchert wurden.

Der Frühling brachte es auch mit sich, dass wir endlich die dicke Winterunterwäsche ablegen konnten, die uns von Kopf bis Fuß in kratzige graue Wolle gehüllt hatte. Ich fühlte mich fast nackig und wunderbar frei.

Endlich konnten wir in das Holzhaus umziehen. Obwohl es nach dem Maßstab von Buttonfields klein und grob zusammengezimmert war, machte das angenehme Gefühl, ein wirkliches Dach über dem Kopf und Boden unter den Füßen zu haben, sogar die Mehrarbeit wett, eben diesen Boden mit sauberem Flusssand und der Bürste aus Schweinsborsten schrubben zu müssen. Es gab Platz für doppelt so viel Betten und das bedeutete doppelt so viele Brötchen, doppelt so viele Bohnen und doppelt so viele Leintücher, die in großen Kesseln im Freien gekocht, mit Stampfern bearbeitet und auf Büsche zum Trocknen ausgebreitet werden mussten.

Als wäre das noch nicht genug, fand Mama, dass Butte entschieden zu unerzogen und wild und ungebildet sei, und ordnete an, dass ich ihm jeden Abend nach dem Essen und ein bisschen am Sonntagnachmittag Unterricht geben sollte.

»Was soll hier heißen ungebildet?«, fragte Butte, als ich es ihm erzählte. »Ich weiß schon achtundzwanzig Worte für Trinken.«

»Du lügst. Bestimmt weißt du nicht so viele«, sagte ich.

»Doch.«

»Nie.«

Butte stand auf und räusperte sich wie jemand, der eine Rede halten will. »Saufen, bechern, zechen, picheln, hinter die Binde gießen, einen heben, kippen, zischen, zwitschern, seinen Brand löschen, gluckern, schnaffeln, vertilgen, einen dudeln, einen stemmen, einen durch die Kehle hetzen, die Achse schmieren, in die Kanne steigen, sich einen genehmigen, eine durstige Leber haben, saufen wie ein Bürstenbinder, einen in die Suppe rühren, auf die Lampe gießen, einen hinter die Weste plätschern, einen hinter den Knorpel schlippern, kümmeln, kneipen, die Leber feuchten. Das ist doch wohl 'ne Art Rekord.«

Ich war wider Willen beeindruckt.

»Und dann weiß ich zehn Wörter für Saloon: Kneipe, Pinte, Kaschemme …«

»Butte!«

»Und sieben Wörter für Klosett: Häuschen, Abtritt, Donnerbalken, Schei …«

»Butte!« Das war Mama. Jetzt gab's kein Entrinnen mehr. Butte musste aufhören im Saloon mitzuhelfen und Unterricht bekommen.

Liebe Miss Homer,

ich sende Ihnen Grüße von Mama und allen von uns in Lucky Diggins. Haben Sie Dank für den Bücherkarton. Als er kam, saß ich davor und bestaunte dieses Wunder eines Pakets mit meinem Namen darauf. Ich dachte, ich müsste es ganz langsam öffnen, um es zu genießen. An einem Tag nur den Karton öffnen, den In-

halt an einem anderen betrachten. Aber stattdessen war ich so aufgeregt, dass ich das Paket aufriss, mich mitten in einem Stoß Packpapier auf den Boden setzte und meine Arbeit ganz vergaß.

Ich nahm jedes Buch einzeln in die Hand, roch am Papier und am Leim, spürte sein Gewicht und fuhr mit dem Finger über die erhabenen Buchstaben auf dem Einband und dem Buchrücken. Ich habe sie in der Reihenfolge, in der ich sie lesen möchte, auf meinem Regal aufgestellt. Jetzt lese ich gerade die Korsischen Brüder *und denke, dass ich als Nächstes entweder mit* Evelina *oder mit dem* Buch der englischen Balladen *beginne. Die* Geschichte von Mütterchen Zweischuh *werde ich mir für zuletzt aufheben, aber trotzdem danke, dass Sie es mir geschickt haben. Das Packpapier habe ich mir zum Briefeschreiben aufgehoben.*

Die Bücher kamen hier gerade zur richtigen Zeit an. Ich soll nämlich Butte unterrichten und es würde mich gewaltig stören, wenn ich hören müsste, wie er an Ivanhoe *herumpfuscht.*

Bitte schicken Sie meine Grüße an die Klasse, vor allem an Essie Beck und Opal McCurdy. Sagen Sie ihnen, sie sollen mich nicht vergessen, bis ich eine Möglichkeit gefunden habe zurückzukommen. Ich hatte vor, ihnen zu schreiben, aber ich fürchte, dass sie mein Leben hier nie verstehen würden. Wie sollte ich ihnen erzählen, dass ich hier mit einem Haufen Männer zusammenlebe, die sich nie waschen, ihre Kleider nie wechseln und immer herumbrüllen, und das auf so engem Raum, dass ich im Bett liegen und zugleich die Bohnen auf dem Ofen umrühren kann ohne aufzustehen? Die von uns, die glücklich genug sind ein Haus anstelle eines Zeltes zu haben, kleben Karton und Packpapier an die Wände, um sich gegen Wind, Schmutz und Wanzen zu schützen. Keiner hat ein Buch oder ein neues Kleidungsstück oder Blumen, die vor dem Haus wachsen.

Außerdem kostet das Verschicken der Post so schrecklich viel.

Der Sommer kam und wurde sehr heiß und – was nach dem nassen Winter ganz unwahrscheinlich schien – sehr trocken. Wohin war all das Wasser verschwunden? Niemand wusch mehr seinen Körper, seine Bettlaken oder Hemden. Mama kochte die Kartoffeln in so wenig Wasser, dass sie anbrannten und Jimmy dazu überging sie »Räucherkartoffeln« zu nennen.

Prairie hatte Bohnen, Karotten und Kartoffeln gepflanzt, von denen sie Vorräte anlegen wollte, falls wieder ein so nasser Winter kam, aber die Pflanzen sahen schlaff und erbärmlich in der Hitze aus. Im August, als der Fluss austrocknete, fürchteten wir sie alle einzubüßen. Also begannen Butte und ich flussabwärts zu den Forks zu marschieren, unsere Eimer im Yuba zu füllen, der immer noch Wasser führte, das zwar warm und flach, aber immerhin nass war, und sie nach Lucky Diggins zurückzuschleppen.

Ich nahm mir vor, den Weg zu nutzen, um Buttes Unterricht fortzusetzen. »Wenn jeder Weg sechs Meilen lang ist, macht das zwei mal sechs, und das sind wie viele Meilen?«

»Zu viele.«

»Sei doch ernst, Butte.«

»Ich bin sehr ernst. Das ist überhaupt kein Spaß und du machst das Ganze noch schlimmer mit deinem Zwei-mal-zwei-Zeug. Ich bin schon genug müde, und heiß ist mir ganz bestimmt genug und gescheit genug bin ich auch. Warum muss ich auch noch zwei mal irgendwas wissen?«

»Butte, sogar die Goldgräber müssen substrahieren und multiplizieren können, damit sie ihre Ausgaben ausrechnen können und merken, ob Mr. Scatter oder irgendjemand von der Bank sie betrügt.«

»Ich hab nicht vor Goldgräber zu werden.«

»Wieso denn nicht? Ich dachte, du wärst vom Goldfieber gepackt und wolltest nichts lieber tun, als in der Erde zu wühlen und reich zu werden.«

»Ich denk nicht daran. Ist mir viel zu dreckig. Ich möchte Kapitän auf einem Schiff sein, einem wunderschönen Segelschiff, das in die Südsee und zu den Sandwich-Inseln fährt und vielleicht um die ganze Welt herum. Ich war noch nie so glücklich wie auf dem Schiff von Boston nach San Francisco.«

Beim bloßen Gedanken an diese Reise drehte sich mir der Magen um, deshalb wechselte ich rasch das Thema und kehrte wieder zur Arithmetik zurück. Eine Weile übten wir das Addieren von großen Summen im Kopf – 4.786 plus 392 –, aber wir konzentrierten uns so sehr auf die Zahlen, dass wir unsere Eimer ganz vergaßen und uns fast die Hälfte unseres schwer errungenen Wassers über die Stiefel schütteten. Dann gingen wir zu Geschichte über.

»Schiffskapitäne müssen doch nichts über Geschichte wissen«, sagte Butte.

»Natürlich müssen sie das.«

»Also dieser da nicht.«

»Butte, du weißt ja nicht mal, was Geschichte ist.«

»Weiß ich doch. Es ist so altes Zeug, das niemand mehr wissen will.«

»Hast du dir schon mal überlegt, dass wir eines Tages auch Geschichte sein werden, dass wir zum großen Goldrausch oder so etwas gehören? Vielleicht kommen wir in den Geschichtsbüchern vor – die mächtigen Whipples aus Whippletown, die in Kalifornien zu großem Reichtum gekommen waren.«

»Genug mit dem Unterricht für heute, Lucy. Erzähl mir mehr von den mächtigen Whipples.«

»Na gut«, sagte ich erleichtert, dass ich fantasieren durfte anstatt unterrichten zu müssen, »da ist erst mal Mrs. Whipple, die Mutter, die jeden Nachmittag den Tee in ihrem großen Landhaus serviert und dunkelrote Samtkleider trägt und einen großen Hut mit einem Vogelnest darauf. Und die älteste Tochter, Lucy, die sehr schön und bei allen Männern sehr begehrt ist, die aber lieber in der Hängematte auf ihrem grünen und herrlichen Landbesitz in Massachusetts liegt und liest. Sie isst weder Hafermehl noch Opossumfleisch, weder gekochte Milch noch Brot, muss nie Zwiebeln schneiden und nie Wasser in Fetteimern schleppen. Dann ist da noch Captain Butte, der berühmte Matrose.«

»Was ist ein Matrose?«

»Ein Seemann. Ich hab dir doch gesagt, dass du nicht alles weißt. Er segelt auf dem Pazifischen Ozean von San Francisco zu den Sandwich-Inseln und hat eine wunderschöne Kanakenfrau, die mit Blumen und Ananas auf seine Rückkehr wartet. Als Nächstes wäre dann Ocean Whipple gekommen, aber sie starb. Und dann Prairie …«

»Erzähl mir mehr von Ocean. Niemand redet je von ihr, als wär sie nie da gewesen. Ich erinnere mich an Golden und die Lungenentzündung, aber alles, was ich von Ocean weiß, ist, dass sie erst da war und dann nicht mehr da war.«

Wir blieben stehen, um unsere Arme auszuruhen und ein bisschen von den kalten Kartoffeln zu essen, die ich in meiner Schürzentasche hatte. »Papa hat manchmal von ihr gesprochen, aber Mama nie«, erzählte ich Butte. »Sie hat ihren Namen mir gegenüber nicht einmal erwähnt, so weit ich mich erinnern kann. Papa sagte immer, dass sie ganz winzig war mit blonden Ringellöckchen und einem Grübchen im Kinn. Sie nannte ihn Popsy.

Einmal nahm Mama sie mit auf dem Weg durch den Wald nach Oakbridge. Du und ich kurierten uns gerade von der Mandelentzündung aus und blieben bei Großmama, und Prairie und Sierra waren noch gar nicht geboren. Auf dem Rückweg von der Stadt setzte sich Mama irgendwo hin, um einen Stein aus dem Schuh zu holen, und da verschwand Ocean. Sie suchten lange Zeit nach ihr, aber niemand sah sie je wieder. Wir wissen nicht, ob es Indianer oder Verbrecher oder Wölfe waren oder was auch immer.« Mich schauderte. Wo wir jetzt waren, kam es mir noch viel gefährlicher vor; so etwas konnte hier eigentlich jedem passieren, nicht nur einem herumstolpernden kleinen Kind.

»Glaubst du, sie ist tot?«

»Ich denke schon. Niemand weiß es wirklich.«

»Wie sie wohl aussieht, wenn sie noch lebt?« Butte kicherte. »Und wie sie wohl aussieht, wenn sie tot ist?«

»Butte, das ist ja schauerlich.«

»Und wie Pa wohl jetzt aussieht?«

»Butte!«

Ich lief weiter, so schnell ich konnte, wobei der Eimer gegen meine Beine schlug und noch mehr von dem kostbaren Wasser meinen Rock nass machte. Aber Butte, der dünn und schnell wie Pa war, holte mich ein. »Ich mein das nicht so, Lucy. Er ist doch immer noch mein Pa, auch jetzt, und ich frag mich, wie er aussieht, das ist alles. Hängt seine Haut in Fetzen runter? Besteht er nur noch aus Knochen? Sind seine Finger und Zehen …«

»Butte, das ist mir zu eklig. Warum denkst du über solche Sachen nach?«

»Manchmal will ich über Sachen nachdenken, die schrecklich sind oder Angst machen, weil ich irgendwie üben will tapfer zu sein. Ich muss jetzt tapfer sein, wo Pa tot ist und außer mir alles nur Frauen sind.«

»Auch Frauen können tapfer sein, Butte.«

»Schon, aber du bist's nicht sehr und ich bin der Nächstälteste, drum denk ich, die Reihe ist an mir. Ich glaub, dass ich längst nicht so tapfer wäre, wenn ich es nicht sein müsste.«

Ich blieb überrascht stehen. Das hatte ich nicht geahnt. Ich dachte immer, Butte sei von Natur aus ungeheuer mutig und draufgängerisch.

Ich setzte meinen Eimer ab und fuhr ihm übers Haar. Es leuchtete rot in der Sonne. Wie Pas Haare. »Ich glaub, ich lerne heute genauso viel wie du.«

Liebe Großmama und lieber Großpapa,

plötzlich bin ich ganz berühmt und das kommt alles nur von dem Bücherpaket von Miss Homer. Männer, mit denen ich in diesem ersten halben Jahr kein Wort gewechselt habe, kamen zu mir mit dem Hut in der Hand und sagten: »Verzeihung, kleine Schwester, ich hab gehört, dass man bei dir vielleicht ein paar Bücher ausleihen kann.«

Jetzt bin ich eine Ein-Mann-Leihbibliothek. In meiner Bibliothek gibt es zwei Regeln:

1. *Zuerst darf ich die Bücher lesen.*
2. *Keine Kautabakflecken.*

Ich hatte auch noch eine dritte Regel: Gebt, was ihr euch ausgeliehen habt, MIR zurück. Leiht es niemandem anders weiter – aber diese Regel wurde von keinem eingehalten. Außerdem kommen die Bücher immer irgendwann zu mir zurück, deshalb habe ich Regel Nummer drei weggelassen.

Ein paar von meinen Büchern sind mindestens fünfzig Meilen flussauf- und flussabwärts gereist und mit kleinen Zetteln darin zurückgekommen: »Eine herzzerreißende Geschichte, Miss!«, oder: »Was für ein blödes Gefasel«, oder: »Haben Sie eines, in dem die Heldin blond ist und Marthy heißt?«

Ein Goldgräber hatte Goldstaub im Wert von ungefähr fünf Dollar in Zigarettenpapier gewickelt und es zwischen die Seiten

24 und 25 von Rip Van Winkle *gesteckt und er war immer noch drin, als das Buch zu mir zurückkam. Ich habe ihn benutzt, um Bean Belly Thompson dafür zu bezahlen, dass er die Bücher gebracht hat.*

Wenn ihr das nächste Mal zu Pas Grab geht, pflanzt bitte für Butte und mich ein paar Blumen darauf, wenn möglich Rittersporn, denn den haben wir hier und ich möchte mir vorstellen, dass wir das Gleiche anschauen, selbst wenn ich die Blüten sehe und er die Wurzeln. Mama sagt, dass Pa bei Gott im Himmel ist, aber als ich ihn das letzte Mal sah, war er in einer Kiste in der Erde von Massachusetts, und deshalb denke ich meist so an ihn. Nicht, dass ich nicht an Gott glaube. Das tu ich schon. Ich bin nur nicht so sicher, dass ich an den Himmel glaube, wenigstens nicht so, wie ich an die öffentliche Leihbibliothek glaube.

Über Pa etwas zu schreiben steigerte mein Heimweh nach Massachusetts noch mehr, deshalb holte ich meinen Gurkentopf und versuchte herauszufinden, wie viel Geld noch drin war. Ich zählte die Münzen und bemühte mich den Goldstaub zu wiegen, indem ich ihn in die eine Hand nahm und ein halbes Pfund Schweinefett in die andere. Aber da wusste ich immer noch nicht genau, wie viel es war, nur dass es auf keinen Fall ausreichte. Mit einem großen Seufzer ging ich in die Küche, um Zwiebeln und Kraut für den Salat zu schneiden.

ZEHNTES KAPITEL
Herbst 1851

In dem ich, wenn auch unfreiwillig, in der Wildnis Beeren sammle und zum Lohn einen neuen Freund gewinne

Der September war klar und heiß. Das richtige Wetter für Brombeeren. Und für Holunderbeeren und Heidelbeeren.

»Warum muss ich zum Beerenpflücken gehen und nicht Prairie?«, fragte ich Mama. »Ihr macht's doch Spaß und mir nicht.«

»Prairie ist erst sieben. Ich will nicht, dass sie allein dort draußen rumläuft.«

»Mama, du solltest lieber nicht wollen, dass ich allein rumlaufe. Ich bin es, die sich verirrt, und Prairie ist es, die mich findet. Sie macht das sicher besser als ich.«

»Nichts da«, sagte Mama und da wusste ich, dass ich zum Beerenpflücken gehen würde und nicht Prairie.

Jeden Morgen holte ich meine Eimer, versteckte schlau den *Graf von Monte Christo* unter meiner Schürze und begann den Marsch zum Hügel bei Ranger Creek. Der heiße Sommer hatte das Gras vertrocknen und den Hafer zu früh reifen lassen, aber die Beerensträucher am Flussufer schlangen ihre Zweige immer noch ineinander.

Ich begann sofort mit meinem Tagesplan. Vom späten Vormittag bis zum Mittag las ich im Schatten eines Baumes. Zu Mittag aß ich meine Semmeln mit kaltem Bratenfett. Am frühen Nachmittag wuchs mein Verlangen nach kühlem frühlingsfrischen Wasser und dann stellte ich meine Füße wenigstens in den warmen weichen Lehmgrund des Baches und las noch ein bisschen weiter. Am späten Nachmittag begann ich von Strauch zu Strauch zu rennen und in fliegender Hast nach jeder Beere zu greifen, die ich erreichen konnte. Am Abend dann versuchte ich Mama zu erklären, warum das Beerenpflücken so langsam ging.

Nach ein paar Tagen, die ich so verbracht hatte, kam ich an eine besonders aufregende Stelle in dem Buch, und bevor ich es merkte, war der Nachmittag fast herum und die ersten Sterne würden bald am Himmel erscheinen. Ich sprang auf und lief zu meinen Eimern.

Sie waren gefüllt.

Aus einem Busch hörte ich eine Stimme: »Haben Sie keine Angst, Fräuleinchen. Hab bemerkt, dass Ihnen beim Lesen die Zeit davongelaufen ist, drum wollt ich Ihnen ein bisschen helfen.«

»Danke«, flüsterte ich und machte mich eiligst auf den Heimweg, dass die Eimer nur so hüpften und ich immer wieder Beeren auf dem Weg verlor. Dabei fragte ich mich, ob es Elfen oder Feen gewesen waren oder ob Gott zu mir aus einem Busch gesprochen hatte, wie Er mit Moses gesprochen hatte.

Am nächsten Tag sah ich mich eine Weile nach kleinen Fußabdrücken oder Brandspuren um, bevor ich mich zum Lesen niedersetzte.

»Morgen, Fräuleinchen«, sagte die Stimme aus dem Busch. »Ich glaub, wir gehn demselben Geschäft nach. Sie suchen Gottes Gaben in den Sträuchern und ich in den Flüssen.«

Die Büsche teilten sich und das Gesicht des Fremden kam zum Vorschein. Es war keine Elfe und keine Fee, sondern ein erwachsener Mann mit krausem Haar und Schnauzbart. Und er war braun. Sehr braun. Nicht wie die Matrosen von den Sandwich-Inseln, die wir in San Francisco gesehen hatten. Noch bräuner. Er war kein Indianer, denn er trug mehr Kleider als die Indianer, die ich in der Nähe von Lucky Diggins gesehen hatte. Und aus Südamerika wie Freitag in *Robinson Crusoe* war er auch nicht, denn seine Haare waren nicht lang und glatt wie die von Freitag.

Ich war noch nie einem dunkelhäutigen Mann begegnet. In unserer kleinen Stadt in Massachusetts gab es keine. Ich hatte gehört, dass der Barbier in Acorn das war, was die Leute farbig nannten. War das hier ein Farbiger wie der Barbier? Meine Gedanken überschlugen sich, während ich stocksteif dastand und ihn anstarrte.

Der dunkelhäutige Mann kam aus seinem Versteck im Busch, hob seine Pfanne zum Gruß und ging zum Bach hinunter, wo er die Pfanne in den schlammigen Boden drückte und wohl den ganzen Tag versuchte Gold aus dem Sand zu waschen. Ich pflückte ein paar Beeren und rannte dann nach Hause, um Mama beim Seifemachen zu helfen.

»Mama«, sagte ich, während ich einen Eimer voll Fleischabfälle brachte, »ich hab einen ganz braunen Mann gesehen. Einen Farbigen.«

Mama sah von ihrem brodelnden Kessel auf, sagte aber nichts. Ich konnte sie kaum sehen vor lauter Rauch vom Feuer und Dampf, der aus dem Kessel aufstieg.

»Warum sind manche Menschen braun?«, fragte ich sie.

»Manche Menschen haben eine braune Haut, wie manche Menschen rote Haare haben. Wir sind alle in Gottes Hand«, sagte Mama und rührte in dem kochenden Fett und der Asche im Kessel.

»Sind die braunen Menschen genauso wie wir?«

»Wahrscheinlich haben sie ein härteres Leben, aber sonst glaube ich das schon, obwohl nicht alle so denken. Manche

Leute meinen, man sei so, wie man aussieht.« Mama richtete sich auf und dehnte sich. »Man muss nur Jimmy Schnurrbart kennen um zu wissen, dass es nicht stimmt. So ein hässlicher Kerl und so ein gutes Herz.«

Ich sah den braunhäutigen Mann jeden Tag beim Beerenpflücken und begann seiner sanften Stimme, seinen traurigen Augen und dem freundlichen Gesicht hinter dem ungepflegten Bart bald zu vertrauen. Manchmal sagte er etwas, manchmal nicht. Manchmal schenkte er mir Beeren oder Kräuter, Gänsefuß- oder Goldgräbersalat, den ich dann für das Abendessen mit nach Hause nahm.

Er hieß Joe. Er sang bei der Arbeit, traurige und sehnsuchtsvolle Lieder.

»Was lesen Sie denn da, Fräuleinchen?«, fragte er einmal.

»Eine Liebes- und Abenteuergeschichte«, sagte ich.

Da gab es kein Halten mehr für ihn. Bald saßen wir beide am Ufer, die Füße in den Schlamm des Ranger Creek gesteckt, und tauschten Geschichten aus. Er erzählte mir von Anancy, der Spinne, dem alten John und dem Teufel und von Kaninchen Bruh, das winzig klein, aber schlau war. Dann las ich eine Weile vor. Er bewunderte mich sehr und fragte immer genau das Richtige: »Himmel, warum hat er denn das gemacht?« Und: »Konnte sie sich nicht denken, was er für ein Schuft war?«

Manchmal teilten wir mein Mittagessen, aber vom Schinken oder vom Pökelfleisch aß er nie etwas. »Und wenn ich Maisbrei mit Schweinefleisch haben kann, werd ich doch nur den Maisbrei essen«, sagte er. »Schweine sind lebendige Geschöpfe, die wie eine Sache behandelt werden, genau wie ich, und die kann ich nich essen.«

Schließlich brachte ich den Mut auf, die Frage zu stellen, die Mama mir nicht befriedigend beantwortet hatte. »Warum haben manche Menschen eine braune Haut, Joe?«

»Der liebe Gott hat's für richtig gehalten und das is für mich Grund genug.«

Es schien, dass ich mich mit dieser Antwort zufrieden geben musste. »Wie sind Sie hierher gekommen? Hier gibt's sonst niemanden so wie Sie.«

Joe wischte sich mit dem Ärmel den Schweiß vom Gesicht. »War meiner Lebtag bei Mr. Sawyer in Virginia, nur Sawyer und die Missus und ich und vier andere Sklaven. An eigne Leute kann ich mich nich erinnern. Mr. Sawyer hat nich genug gehabt mit seiner Farm, da hat er uns Richtung Westen verfrachtet. In der Nähe von Big Muddy sagt Mrs. Sawyer: ›John, wenn ich noch einen Schritt weitergehen muss, zünd ich den Wagen an.‹« Joe schöpfte eine Pfanne voll schlammiges Wasser. »Himmel, war die Dame dickköpfig. Sie hatten noch nich mit Streiten aufgehört, da war's aus mit ihr und sie starb an Fleckfieber.« Er schwang die Pfanne im Kreis, sodass Wasser und leichtere Teilchen herausflogen. »Da hat Mr. Sawyer 'nen andren Wagen gekauft und wir sin' nach Paddy's Bar gekommen, als Goldgräber wie tausend andere. Wenigstens wir fünf. Weil Mrs. Sawyer gestorben is', hat Mr. Sawyer zu trinken angefangen und is' nur dagesessen und hat mit dem Gewehr rumgefuchtelt und uns geschlagen, wenn wir bis zum Abend nich genug Goldstaub zusammen hatten.« Joe tastete den Schlamm auf dem Boden der Pfanne nach kleinen Goldblättchen ab. Diesmal nichts. Er beugte sich nieder und schöpfte wieder eine Pfanne voll.

»Sagt eines Tages 'n dürrer Kerl auf 'nem Maultier: ›Warum lässt du's dir gefallen? Bei uns in Kalifornien gibt's keine Sklaven.‹ Wusste nich, ob er Recht hatte oder nich, aber hab die Gelegenheit beim Schopf gepackt und zu Mr. Sawyer gesagt: ›Erschießen Sie mich, wenn Sie wollen, aber besitzen tun Sie mich nich mehr.‹ Mr. Sawyer war zu dumm oder zu besoffen, um's ernst zu nehmen; er is' bloß vom Pferd gefallen und da bin ich abgehauen. Hab nichts genommen als die Pfanne da und 'nen Pickel und 'ne Rolle Bettzeug; dachte, das steht mir zu für meine ganze Schufterei.«

Joe richtete sich auf und streckte sich, dann bückte er sich um weiterzuschöpfen. »Hab seither nich viel gefunden, nur abgesuchte Claims, die andere aufgegeben haben. Aber was ich finde, gehört mir. Der hungrige Bauch gehört mir und die Schultern, die wehtun, gehören mir, und die Hände, die bluten, gehören mir und keinem andern. Hier draußen bin ich kein Sklave. Solang ich hier für mich allein bin, bin ich so gut wie frei, und Freisein is alles.«

Seine Geschichte kam mir vor wie eine von Amos Frogges Balladen – das Land im Wagen zu durchqueren, einem trunksüchtigen Herrn zu entfliehen, sich allein durch die Wildnis schlagen auf der Suche nach Gold, als entlaufener Sklave leben.

Aber eines verstand ich nicht. »Was heißt eigentlich Sklave sein?« Ich wusste von den Sklaven im alten Rom, aber irgendwie konnte ich mir nicht vorstellen, dass Mr. Sawyer vorhatte Joe den Löwen zum Fraß vorzuwerfen.

»Ein Sklave is' einer, der mit Leib und Seele 'nem anderen gehört und tun muss, was ihm gesagt wird, und überall hingehen muss, wo man's ihm befiehlt, und verprügelt wird, wenn er's nich schnell oder nich gut genug macht.«

»Wie ein Kind«, sagte ich.

»Kein Vergleich, Fräuleinchen. 'nem Sklaven gehört nich mal sein eignes Leben, auch nich seine Frau und seine Kinder. Ein Sklave ist ein Ding wie 'ne Axt oder 'n Eimer. Kann gekauft oder verkauft oder umgebracht werden, ganz wie's dem Besitzer passt. Is' nich leicht für einen, Sklave zu sein.« Er warf seine Pfanne hoch in die Luft und fing sie mit einem zufriedenen Grunzen auf. »Und hier draußen bin ich keiner.«

Als die Nächte kalt zu werden begannen, machte ich mir Sorgen um Joe, der am Ufer vom Ranger Creek schlief und von Nüssen und Wildgemüse lebte.

»Mama, wenn der Winter kommt, haben wir doch ein paar freie Betten, nicht?«

»Ich glaub schon, aber nicht zu viele, hoff ich«, sagte Mama, die Kartoffeln und Zwiebeln für das Kaninchenhaschee klein schnitt.

»Könnten wir nicht eines an meinen Freund Joe vermieten? Ich weiß, dass er bezahlen kann. Er hat ein bisschen Glück beim Goldwaschen gehabt.«

»Wer ist denn Joe?«

»Der dunkelhäutige Mann, von dem ich dir erzählt hab, oben am Ranger Creek.«

Mama hielt einen Moment in der Arbeit inne.

»Lucy«, sagte sie, »ich kann doch kein Bett an einen Farbigen vermieten. Dann würden all meine anderen Gäste gehen.«

»Aber Jimmy nicht.«

Mama begann heftig weiterzuschneiden, als müsste sie die verlorene Zeit wieder aufholen. »Jimmy wahrscheinlich nicht, aber die anderen.«

»Warum denn?«

»Weil viele Leute meinen, Farbige sollten nicht mit Weißen zusammenleben.«

»Warum nicht?«

»Ich weiß auch nicht genau warum. Sie haben vielleicht Angst. Na ja, Mr. Scatter würde es jedenfalls nie zulassen.«

»Aber Mama, was soll er denn machen, wenn es regnet und schneit und eiskalt wird …«

»Himmel, Lucy, was bist du für eine Plage. Dein Freund

kann im alten Stall von Sweetheart schlafen und ich mach ihm Frühstück und Abendessen für zehn Dollar die Woche, wenn er draußen isst. Mehr kann ich nicht tun.«

Ich lief zurück zum Ranger Creek und erzählte es Joe.

»Das ist furchtbar nett, junge Dame, aber ich komm schon zurecht ...«

»Nein, Sie kommen nicht zurecht, wenn's mal tagelang Eisregen gibt und Sie kein Essen und kein Feuer und kein Dach überm Kopf haben. Seien Sie doch vernünftig, Joe.«

»Na ja, vielleicht könnt ich zehn Dollar die Woche zusammenkratzen, wenn ich was von meinem Goldstaub verkauf und vielleicht 'nen Job in der Stadt annehm. Aber ...«

»Aber was, Joe? Spucken Sie's aus.« Ich hörte mich an wie meine eigene Mama.

»Hier draußen, wo ich niemanden seh als Sie, bin ich 'n freier Mann. Aber ich hab Angst, dass Mr. Sawyer oder 'n anderer Weißer mich findet und wieder als Sklave wegholt. 'ne Stadt, sogar 'ne kleine, is zu gefährlich für mich. Am besten bleib ich hier draußen.«

»Aber Sie müssen kommen. Solche Winter, wie wir sie hier haben, kennen Sie gar nicht, mit Eisstürmen und eimerweise Regen.« Außerdem wollte ich ihn gern in meiner Nähe haben. Wir waren Freunde. Mir gefielen seine Geschichten und er bewunderte mein Vorlesen. Nicht viele Leute bewunderten irgendwas, was ich tat.

»Bitte, Joe.«

Joe schwieg. Dann seufzte er. »Na gut, Miss Lucy, jetzt, wo ich so 'nen schönen Platz zum Leben hab, brauch ich nur noch 'nen Namen.«

Ich war vor Begeisterung herumgehüpft. Jetzt blieb ich stehen und fragte: »Ist Joe nicht Ihr Name?«

»Mr. Sawyer hat alle Joe genannt, da musst' er sie nich auseinander halten. Ich glaub, ich brauch ’nen richtigen Namen, der nur mir gehört.«

Ich dachte an den *Graf von Monte Christo* unter meinem Kissen. »Maximilian«, sagte ich. »Maximilian ist so ein vornehmer Name.«

Joe rieb sich das Kinn. »Maximilian passt glaub ich nich zu mir, Fräuleinchen.«

»Ivanhoe oder Damian oder Appassionato?«

»Nee, wie ’n Appassionato oder so komm ich mir auch nich vor. Trotzdem vielen Dank.«

Ein paar Tage später, als Joe auftauchte, um sein Bett im Stall in Besitz zu nehmen, sagte ich: »Ich hab ein Geschenk für Sie.«

»Sie dürfen mir doch nix schenken, Fräuleinchen.«

»Doch, doch, hier ist es.« Ich hielt ihm die Faust hin und öffnete sie langsam. Die Hand war leer.

Joe sah mich fragend an.

»Es ist ein Name. Für Sie. Der Name meines Vaters. Bernard.«

»Bernard.« Joe kratzte sich am Bart. »Bernard. ’n wunderschöner Name, Fräuleinchen. Auf den werd ich richtig stolz sein. Bernard.«

»Hier hab ich noch was«, fügte ich hinzu und streckte die andere Faust aus. »Einen Nachnamen.«

Er machte ein erstauntes Gesicht.

Ich öffnete die Hand. »Freeman«, sagte ich.

ELFTES KAPITEL
FRÜHLING 1852

In dem ein Wanderpriester Buttes Körper und Amos Frogges Seele rettet und mein neuer Massachusetts-Plan scheitert

Im nächsten Frühjahr, als die wilden Blumen blühten, kam Clyde Claymore nach Lucky Diggins geritten. Er war ein Schrank von einem Mann, groß und massig, und trug einen schwarzen Anzug aus abgetragenem Tuch und einen schwarzen Hut mit breitem Rand. Das Maultier, auf dem er in die Stadt ritt, war so klein, dass die breiten Spitzen von Clydes riesigen Stiefeln im Straßenstaub schleiften. Ich dachte, es wäre wohl einfacher für Clyde, das Maultier zu tragen, als für das Maultier Clyde zu tragen.

Ich sah ihn zum ersten Mal, als ich auf der Veranda gemeinsam mit dem Besen den ständigen Kampf gegen den Schmutz führte.

»Junge Dame«, dröhnte er, als riefe er in einen Canyon hinein, »wo ist die Stadt Lucky Diggins?«

»Hier«, sagte ich.

»Ich meine alles Übrige.«

»Das ist alles.«

»Alles? Dieses Nest?«

Überrascht sah ich mich um. Kalifornien war jetzt einer der großen Vereinigten Staaten von Amerika und Lucky Diggins blühte auf. Die Stadt konnte immerhin Mr. Scatters Saloon und einen neuen Ausschank vorweisen, den ein Spieler namens

Poker John Lewis eröffnete hatte, einen hölzernen Kaufladen und die Herberge mit einer richtigen Veranda, die Schmiede, den Spielsalon, ein Lagerhaus mit Pickeln, Äxten und Schaufeln, ein Gasthaus, in dem es Pfannkuchen, Bohnen und Speck gab, und etwa zehn Hütten und Zelte innerhalb der Stadt und noch etwa fünfzig weitere entlang dem Flussufer. Und am Freitag-, Samstag- und Sonntagabend, wenn die Goldgräber von den Hügeln herunterkamen, wuchs die Bevölkerung um Hunderte an, und es gab längst nicht genug Platz für sie alle zum Essen, Trinken und Schlafen.

Jetzt sah ich Lucky Diggins wieder mit den Augen eines Fremden. Klein und schmutzig war die Stadt und stank nach Abfall. Die Straßen bestanden aus nichts als Morast und Staub und waren übersät mit Austernschalen, Schinkenknochen und zerbrochenen Schaufeln. Die Bäume in der Nähe hatte man bis auf die Stümpfe abgehackt, um mit dem Holz die hässlichen Gebäude entlang der Straße roh zusammenzuzimmern. Aber das Schlimmste war: Das hier war nicht Massachusetts und würde es nie sein.

Ich drehte dem Fremden den Rücken zu und ging in die Küche, um die Bohnen für das Abendessen umzurühren. Dann fiel mir mein Gurkentopf ein. Monatelang war er unbeachtet herumgestanden.

Im Winter gab es keine Möglichkeit Geld zu verdienen, es sei denn, ich hätte jemanden gefunden, der mir Morast abkaufte, aber jetzt, wo es Frühling wurde, wollte ich meinen Topf hervorholen, ihn abstauben und wieder für meine Heimreise zu arbeiten beginnen. Es war Zeit, mein Kuchengeschäft wieder aufleben zu lassen.

Ich seufzte. Es bedeutete noch früher aufzustehen, flussauf und flussab zu marschieren und verrückten Männern in Unterkleidung aus dem Weg zu gehen.

Der Fremde kam in die Küche. »Junge Dame«, dröhnte er.

»Ma!«

»Du brauchst nicht so zu schreien, Lucy. Ich bin doch da. Woll'n Sie ein Bett, Mister?«, fragte sie, während sie sich die Hände an der Schürze abwischte und den Fremden mit kalten, abschätzigen Blicken musterte, denen auch seine schmutzigen Stiefel nicht entgingen.

»So ist es, Madam, gelobt sei der Herr. Ich bin Bruder Clyde Claymore, Geistlicher der Freien und Unabhängigen Kirche der Brüder und Schwestern Christi, gekommen um Seelen zu retten, und ich wüsste gerne, ob es hier eine Familie gibt, die mich freudigen Herzens für eine Weile in Jesu Namen aufnimmt.«

Mama runzelte die Stirn. Unser Pastor in Massachusetts hatte Mitglieder der Familie Whipple vierzig Jahre lang getauft, verheiratet und begraben und am Sonntag und Dienstag mit ihnen gegessen und sich von den Frauen der Whipple-Familie die Socken stopfen und den Rock bügeln lassen. Aber er hatte sich geweigert Pa zu begraben, weil Pa nicht in die Kirche gegangen war, und seither sagte Mama, sie könne mit Kirchenleuten nichts mehr anfangen. Sie hinterließen einen schlechten Geschmack in ihrem Mund, behauptete sie, wie alte Pilze.

Schließlich antwortete sie ihm. »Hier gibt's überhaupt nicht viele Familien. Da sind die Flaggs, aber bei denen wird's Ihnen nicht gefallen, außer Sie schlafen gern zusammen mit Kojoten, die sind nämlich recht wüst. Bei Mr. Scatter ging's vielleicht, aber er hat eine unverheiratete Tochter, die einen Ehemann sucht, und die meisten sonst leben in Hütten oder Zelten und haben für sich selbst schon viel zu wenig Platz, geschweige denn für einen Fremden. Hier ist wohl der einzige Ort in der Stadt, wo man eine Bleibe findet.«

»Dann will ich hier bleiben, Madam, vielen Dank auch.«

»Mr. Scatter kriegt achtzehn Dollar und zwanzig Cent für jedes dieser Betten pro Woche und ich verlange keinen Cent weniger. Haben Sie achtzehn zwanzig, Mister Claymore?«

»Bruder Claymore, Madam«, erwiderte er, zog dabei seinen Hut und schwenkte ihn so heftig, als hätte er vor, den Boden zu wischen. »Und Sie sind Schwester …?«

»Nichts da Schwester, Mister Claymore. Ich bin Mrs. Whipple und ich halte nicht viel von Geistlichen. Kommen Sie mit achtzehn zwanzig wieder und Sie kriegen ein Bett. Guten Tag. Und putzen Sie sich das nächste Mal die Füße ab.«

Es schien, als hätte Bruder Clyde Claymore keine achtzehn Dollar zwanzig, denn er stieg wieder auf sein kleines Maultier und ritt zu den Camps am Flussufer, nach Obdach suchend und Gott preisend. Die Schlucht hallte wider von seinen Mahnungen an alle, ihre sündigen Wege zu verlassen und Gott zu empfangen, halleluja, und nebenbei vielleicht noch eine milde Spende zu geben, damit Bruder Claymore sich etwas zu essen und ein Nachtlager kaufen konnte, amen.

Trotz seiner mächtigen Erscheinung war Bruder Claymore freundlich und sanft und machte sich damit zum Gespött der Goldgräber. Eine Zeit lang waren er und seine Taten unser wichtigstes Gesprächsthema beim Abendessen.

»Dieser verrückte Clyde«, sagte Amos eines Abends. »Wisst ihr, was er heute gemacht hat? Leo Mack hat ihm erzählt, dass Flapjack vor Sehnsucht nach seiner Frau und seinen Kindern die ganze Zeit heult. Flapjack, der weder Frau noch Familie hat und in all den Jahren noch zu niemandem ein freundliches Wort gesagt hat! Aber Clyde ging hin und ins Flat Camp und schloss Flapjack vor versammelter Mannschaft in die Arme. Ich dachte, der alte Flapjack würde platzen vor Wut.«

Jimmy schlug sich auf die Knie und rief: »Das ist ja noch gar nichts. Mit 'ner Stimme, die Tote aufgeweckt hätte, erzählte er

Leo Mack, dass er ihn liebt! Wir haben nur so gejohlt und gepfiffen, aber der alte Clyde stand da und grinste wie ein Opossum, das 'ne gelbe Jacke frisst. Sagte, egal, was wir täten, er würd' Leo lieben. Teufel auch, Verzeihung, Madam, wenn dieser Verrückte nicht so verdammt groß gewesen wär, hätt Leo ihn ins Wasser geschmissen.«

Der Gentleman sagte, dass Bruder Clyde nichts anderes wollte, als den Goldgräbern zu predigen, aber sie liefen davon, wenn sie ihn kommen hörten, und so würde er bloß dastehen und den Bäumen predigen. »Da hab ich zu ihm gesagt: ›Clyde‹, sagte ich, ›du würdest weiß Gott besser dran tun deine Kraft ins Goldgraben zu stecken‹, aber er lachte bloß und hat gesagt, er würde ja graben, nach Seelen nämlich.«

Als ich meine Kuchen verkaufte – es war falscher Kuchen aus Keksen und ein bisschen Apfelessig, bis im Sommer die richtigen Früchte da waren –, traf ich ab und zu Clyde, der auf seinem kleinen Maultier herumritt. Clyde nannte das Maultier Apostel, weil es, wie die Apostel, klug wie eine Schlange und sanft wie eine Taube war.

Irgendwie kam Clyde hie und da zu einer Prise Goldstaub und nach ungefähr einer Woche wurde ein kleines Häufchen daraus. Er kam zurück, warf es Mama in den Schoß und sagte: »Sind das vielleicht schon achtzehn Dollar und zwanzig Cent, Madam? Ich hab's allmählich satt, mit meinem Maultier im Freien zu schlafen.«

»Könnte hinkommen, Bruder Claymore«, sagte Mama, die gegenüber einem Herbergsgast mit Gold schon ein wenig milder gestimmt war. »Ich lass es im Laden wiegen. Putzen Sie sich Ihre Stiefel ab.« Obwohl Mr. Scatter mitunter nachgesagt wurde, dass er seine Hände anfeuchtete, wenn er das Gold abwog, damit ein bisschen Staub an seinen Fingern kleben blieb, war er der einzige Besitzer einer Waage in der Stadt. Gold war sechzehn Dollar die Unze oder etwa einen Dollar die Prise wert, aber die Waage war die einzige Möglichkeit sicherzugehen.

Von da an nahm also Bruder Clyde am allgemeinen Abendessen teil. Einmal fragte ihn der Gentleman, bei welcher Kirche er eigentlich Prediger sei.

»Nun ja«, antwortete er, »das ist eine interessante Geschichte. Der Herr hat mich zu seinem Dienst berufen, Dank sei dir, Herr, aber er sagte mir nicht, wie ich ihm dienen solle. Da begann ich einfach die Segnungen des Herrn zu preisen, bis jemand mir die gleiche Frage stellte: welcher Kirche ich eigentlich diente. ›Nun ja, mein Herr‹, antwortete ich, ›das kann ich nicht genau sagen, aber ich weiß, was für eine Art Gottesdiener ich bin. Ich bin ein Gottesdiener, der wenig übrig hat für Sekten und Ismen, der nichts davon hält auf den Knien herumzurutschen und denen in den Kirchen zu predigen, die ohnehin schon gläubig und gerecht sind. Ich glaube an die Liebe, daran, dass man die andere Backe hinhalten soll, an Himmel und Hölle, an die Allmacht Gottes und daran, dass ich allen Gleichgesinnten ein Bruder bin.‹ So wurde ich Gründer der Freien und Unabhängigen Kirche der Brüder und Schwestern Christi und ihr Bischof und einziger Diener.«

»Predigen Sie auch wilden Indianern oder werden Sie von Piraten oder Rotröcken verfolgt?«, fragte Butte, den Mund voller Kartoffeln. Alle lachten. Es sah so aus, als ob mein Unterricht Butte nicht unbedingt gut getan hätte.

»Nein, das kann ich nicht behaupten, junger Freund, obwohl ich schon von Grizzlys auf Bäume gejagt und von Ungläubigen aus der Stadt vertrieben wurde und heimgesucht war von Furunkeln, Geschwüren, Ausschlag und Rheuma. Aber solange ich im Dienste Gottes arbeitete, war alles gut.«

Er sah eine Weile traurig vor sich hin und fuhr dann mit einer viel sanfteren Stimme als gewöhnlich fort: »Jetzt habe ich vor, meine Siebensachen zu packen und weiterzuziehen. Zurück nach New Hampshire. Es gibt immer eine Gruppe von Leuten, die zurück in den Osten begleitet werden müssen, und so brauchte ich mir um das Geld für den Rückweg keine Sorgen zu machen.« Ich horchte plötzlich auf.

Bruder Clyde fuhr fort: »Ich weiß nicht, was ich sonst anfangen soll. Als Prediger hab ich's wohl nicht sehr geschickt angefangen. Keiner ist übergetreten, keiner ist mir nachgefolgt. Ich dachte, inzwischen hätt ich's wenigstens zu einer gemeinsamen Andacht bringen müssen, aber keine Seele aus der Gegend hier ist bereit teilzunehmen. Der liebe Gott braucht keinen geistigen Vater ohne Kinder, keinen Hirten ohne Schafe, der sich im Weinberg abmüht, aber keine Trauben erntet.«

Die Herbergsgäste sahen betreten auf ihre Teller. Der Mann tat ihnen zwar Leid, aber sich ihm zuliebe bekehren zu lassen, das war ihnen doch zu viel. Ich hatte jedoch eine großartige Idee. Wenn Bruder Clyde wirklich eine Gruppe von Leuten zurück nach Westen führte und wenn Mama mit ihm einverstanden war, ließ sie mich vielleicht mit ihm ziehen!

Am nächsten Tag begann ich meine Kampagne. »Ich mag Bruder Clyde eigentlich ganz gern. Du nicht, Mama?«

Mama schüttete Kartoffelwasser, Hefe und Mehl in eine große Schüssel und begann alles mit den Händen zu vermischen. »Du weißt, was ich von den sogenannten Gottesmännern halte. Ich bin sicher, dass dein Pa droben im Himmel näher bei Gott ist als all diese geschniegelten, eingebildeten, heuchlerischen Prediger, die herumlaufen.« Der Teig wurde auf die Tischplatte geknallt und heftiger als nötig geknetet.

»Ich glaube nicht, dass Bruder Claymore so ist«, sagte ich.

»Das ist mir gleich. Aber er wird ja sowieso bald weg sein.«

Ich beschloss an eine andere Front überzuwechseln. »Bruder

Claymore«, fragte ich eines Abends, »was für eine Religion predigen Sie eigentlich? Ich meine, gibt's da bestimmte Regeln?«

»Na ja, Fräulein Lucy, von Regeln halte ich nicht allzu viel. Ich predige den freien Willen und Gnade als Geschenk und dass jeder Mensch unmittelbar von Gott errettet wird.«

»Was bedeutet das genau? Glauben Sie, dass die Leute in die Hölle kommen?«

»Lucy!«, warnte mich Mama.

»Ist schon gut, Schwester Whipple. Die jungen Leute lernen nur, wenn sie Fragen stellen.«

»Mrs. Whipple«, murmelte Mama.

»Der freie Wille, Miss Lucy«, fuhr Bruder Claymore fort, »bedeutet, dass sich die Leute selbst für Himmel oder Hölle, Gott oder den Teufel entscheiden, aber ich kann nicht sicher sagen, wer wohin kommt, ebenso wenig wie irgendjemand anders, deshalb diene ich ihnen allen und weise niemanden zurück.«

»Würden Sie sich je weigern jemand zu beerdigen, weil er zum Beispiel gesündigt hat oder habgierig war oder vielleicht nicht in die Kirche gegangen ist?«

Mama warf mir einen finsteren Blick zu, aber Bruder Clyde antwortete mir. »Nein, das würd ich nicht tun, Miss Lucy. Ich sehe es so, dass wir alle von Zeit zu Zeit sündigen und dass es nicht gut ist, wenn ich jemandem mein Mitleid vorenthalte. Mein Beruf ist es, den Menschen zu helfen ihren Weg zu Gott zu finden, und ich sehe nicht ein, warum es ihm oder mir oder Gott irgendetwas helfen sollte, wenn ich jemanden nicht begrabe.« Er sah zu Mama hinüber. »Es geht nur darum, zu Gott zu finden. Vielleicht könnte ich Ihnen helfen, Schwester Whipple, Ihren Weg zu Ihm zu finden.«

»Mrs. Whipple«, sagte Mama. »Und ich weiß, wo und wie

ich Gott finde. Mich stört nur, dass ihr Männer behauptet für ihn sprechen zu können.«

»Wir Gottesdiener sprechen nicht für Gott, Mrs. Whipple. Gott spricht durch uns. Schwierig ist nur manchmal, dass wir nicht so leicht herauskriegen, was Gottes Stimme ist und was die von Bruder Claymore.«

Mama schnaubte und Bruder Claymore fuhr fort: »Nach jahrelangem Lesen und Studieren und Predigen über dieses Thema ist meine Meinung, dass böse Kirchgänger, die an ihren Mitmenschen Unrecht tun, aus Gottes Angesicht verbannt werden, aber dass gute Menschen im Himmel beim Lamm Gottes sind, ob sie je einen Fuß in die Kirche gesetzt haben oder nicht, amen.«

Nun lächelte Mama und ich hatte das Gefühl, als sei mein Bündel schon geschnürt und ich sei schon fast auf dem Weg nach Massachusetts!

Ein paar Tage lang schien die Sonne und die Schneeschmelze von den Bergen ließ die Flüsse und Bäche gefährlich hoch anschwellen. Die Goldgräber mussten besonders vorsichtig sein, wenn sie ins Wasser wateten um zu graben und den Kies auszuwaschen; trotzdem kam gelegentlich eine Pfanne, ein Stiefel oder ein Hut auf dem Fluss mitten durch die Stadt geschaukelt, auf dem Weg zum Meer.

An einem nieseligen Dienstagmorgen rutschte Butte aus und fiel in den Fluss. Er schlug mit dem Kopf auf einem Felsen auf und trieb von der starken Strömung mitgerissen flussabwärts, während die Goldgräber am Ufer entlangliefen und seinen Namen schrien.

An der Biegung kurz vor der Stadt blieb er an ein paar Felsbrocken hängen, und einige der Goldgräber, die in der Nähe waren und sich bemühten Bruder Claymore zu entrinnen, rannten zum Ufer hinunter und beratschlagten, wie sie Butte herausziehen könnten ohne selbst hineinzufallen. Sie begannen sich anzurempeln und zu streiten und waren gerade dabei aufeinander loszugehen, als Butte wieder losgerissen wurde und weiter den Fluss hinuntertrieb.

Bruder Clyde kam gerannt, riss sich den Mantel und den Hut herunter und sprang in den Fluss, »schneller, als du ausspucken und hallo rufen kannst«, wie Jimmy Schnurrbart später sagte. Platschend versuchte er Butte nachzukommen, bis sie beide an ein paar großen Steinen hängen blieben und Bruder Clyde schließlich, Butte unter den Arm geklemmt, aus dem Wasser stieg wie ein Flussgott in einer griechischen Sage.

Ein Zug tropfnasser Goldgräber folgte Bruder Claymore in die Stadt zurück; Butte hatten sie auf den Rücken des schwächlichen Maultiers gelegt. Wenn Mama zu den Frauen gehört hätte, die leicht in Ohnmacht fallen, wäre das der richtige Moment dafür gewesen, dachte ich später: der Anblick von Butte, dessen Körper schlaff von Apostels Rücken herunterhing, und all der Goldgräber, die an einem Dienstag den Fluss verließen, um ihn in die Stadt zurückzubegleiten. Aber sie fiel nicht in Ohnmacht, sie schrie und weinte nicht, sondern wurde nur schneeweiß, stand da und wischte sich die Hände an der Schürze ab.

Wir starrten alle Butte an, wie er so reglos auf dem Maultier hing und seine Arme und Füße im Schmutz schleiften. Keine Bewegung. Kein Laut. Dann plötzlich bekam er einen Schluckauf und spuckte eine Menge Flusswasser und den größten Teil seines Frühstücks aus. Die Goldgräber stießen erfreute Rufe aus, rempelten einander an und ließen eine Flasche Whisky herumgehen, aus der sogar Bruder Claymore einen Schluck trank, denn er war anscheinend nicht die Art von Prediger, die einem Mann einen gelegentlichen Schluck verbot, nicht einmal sich selbst.

Mama hörte auf, sich die Hände abzutrocknen, legte Butte mit Spinnweben und braunem Zucker auf seinen Hautrissen ins Bett und dankte Bruder Claymore immer wieder für seine Hilfe. »Danken Sie nicht mir, Schwester Whipple«, sagte Bruder Claymore mit dröhnender Stimme zwischen Niesen und Schlucken aus der Whiskyflasche. »Gott selbst hat sich heruntergebeugt und Ihren Jungen den Fängen des Todes entrissen.«

Allein in der Küche tat ich einen tiefen Seufzer. Ich war erleichtert, dass es Butte gut ging, und voller Dankbarkeit gegen Bruder Clyde, vor allem aber war ich sehr froh. Wenn Mama Bruder Clyde jetzt, wo er Buttes Leben gerettet hatte, nicht vertraute und ihn nicht bewunderte, würde sie es nie tun. Massachusetts war nicht mehr weit!

Aber ich hatte mich zu früh gefreut. Die Goldgräber, die draußen saßen und die Flasche Whisky leerten, meinten, es könne ja sein, dass Gott Butte gerettet habe, aber Bruder Clyde sei es gewesen, der sich in den Fluss gestürzt habe. »Der Mann ist ein Held«, sagte Amos Frogge zwischen zwei Rülpsern. »Ein wahrhaftiger potztausiger Held aus dem wirklichen Leben, und ich für mein Teil hab vor, zu seiner Andacht zu gehn und mir anzuhörn, was er zu sagen hat.« Die anderen stimmten halb widerstrebend zu und der Gentleman kam rein, um Bruder Clyde zu sagen, dass sie alle zu seiner Andacht kommen wollten und wie es denn am nächsten Samstag wäre.

Ich war untröstlich. Eine Andacht würde wahrscheinlich bedeuten, dass er Anhänger kriegte, und Anhänger bedeuteten, dass Bruder Clyde nicht gescheitert war und nach Hause zurückkehren würde und dass ich verdammt war in Lucky Diggins zu leben, bis meine Haut runzlig wurde und ich wie irgendjemand aus einer Geschichte von Edgar Allan Poe aussah.

Am Samstagmorgen half Jimmy Schnurrbart Mr. Scatter den Saloon sauber zu machen. Die Leute schleppten Küchenbänke herbei und reihten sie vor der Bartheke auf, die Bruder Clyde als Kanzel benutzen würde. Prairie und Sierra pflückten Blumen, und der Gentleman drehte alle Bilder mit spärlich bekleideten Frauen und das Schild mit der Aufschrift: »Bei Scatter heißt's: Kein Kredit!« mit der Vorderseite zur Wand.

Als die Sonne schon hoch am Himmel stand, begannen die Leute vom Fluss heraufzukommen. Ich hatte zwanzig Kuchen gebacken, die ich an die Besucher der Andacht verkaufen wollte. Jetzt musste ich mir mein Reisegeld nach Massachusetts wieder selbst verdienen.

Die Flagg-Mädchen kamen von ihren Schürfplätzen jenseits des Flusses herauf. Ich hatte sie nie aus der Nähe gesehen, denn sie waren scheu wie wilde Tiere. Lizzie mochte etwa so alt wie ich sein, vielleicht auch ein bisschen älter, und Ruby Ramona war ein schmächtiges Ding mit Zöpfen, die von ihrem Kopf abstanden. Beide waren dünn und schmutzig und rochen nach dem Dreck und den Tieren, mit denen sie lebten.

Die Leute aus der Stadt waren nicht gerade nett zu den Flagg-Kindern, ihrem betrunkenen Vater oder der Mutter, von der es hieß, sie sei verrückt. Als die Mädchen sich mir und meinen Kuchen nähern wollten, begannen Leo Mack, Poker John Lewis, Billy Parker vom Gasthaus und ein paar andere wie Kojoten zu heulen und Tannenzapfen nach ihnen zu werfen. Die Flaggs mochten ja schmutzig und dumm und verrückt sein, aber die Leute waren hierher gekommen, um an einer Andacht teilzunehmen. Ich fand, das war ein Anlass, sich ein bisschen anständiger zu betragen. Manchmal verstehe ich die Menschen nicht.

Mama und Butte und ich versuchten die Kuchen zu schützen, aber sie wurden in dem allgemeinen Geschiebe und Gedränge allesamt zerdrückt, sodass ich schließlich jedem gratis ein Stück zerdrückten Kuchen gab – außer Lizzie und Ruby

Ramona, die weggejagt wurden, und Bernard, der nach einem Blick auf die unfreundlichen roten Gesichter gleich wieder das Weite suchte.

Danach versammelten wir uns im Saloon-Gotteshaus. Ein paar von den Goldgräbern riefen mir »Hallo, kleine Schwester« zu, während sie sich hereindrängelten, um sich einen guten Platz zu erkämpfen.

Die Menge klatschte und stampfte, als Bruder Claymore schließlich hereinkam, die Arme zum Himmel erhob und rief: »Ich spüre, wie das heilige Feuer zu brennen beginnt!

Wie Moses«, rief er, »kam ich als Fremder in dieses fremde Land, und ihr seid bereit mir nachzufolgen, halleluja. So reiche ich euch die Hand – helft mir, Brüder und Schwestern, aus diesem neuen Land ein neues Jerusalem zu machen, ein Land, in dem die Gerechten gedeihen und die Bösen bestraft werden, in dem die Männer für ihre harte und ehrliche Arbeit gelobt werden, für ihre Reinheit und Nüchternheit, denn sie trinken nur aus dem Quell ...«

»Weil Sie grad beim Trinken sind, Prediger, ich hätt gern einen Whisky«, rief jemand.

»Ihr mögt es jetzt lächerlich finden, Bruder, aber breit ist der Weg zur Hölle. Begebt euch nicht in den Pfuhl der Sünde. Weist den Köder des Satans zurück, denn er ist die Nahrung ...«

»O ja, Nahrung! Ein dickes saftiges Steak!«, rief jemand.

»Und frische Erbsen!«, fügte ein anderer hinzu.

»Und Schokoladenkuchen«, rief ich, wobei ich tunlichst Mamas missbilligendem Blick auswich. Wenn die Andacht in einem wilden Spaß endete, würde Bruder Clyde mich vielleicht doch noch mit zurück in den Osten nehmen.

Plötzlich ertönte ein Schuss und es wurde totenstill. Bruder Claymore stand da, die rauchende Pistole in der Hand. »Ich glaube, nun seid ihr wieder bereit mir zuzuhören.« Das waren wir. »Denkt daran, Brüder und Schwestern, die Hölle ist niemals voll. Satan hat immer noch Platz für euch.« Und plötzlich begann der große Mann zu weinen und zu wehklagen. »Ich spüre das Feuer, das Feuer der Hölle, das schon nach meinen Füßen greift!« Seine starke Stimme erdröhnte wie die Kirchenglocken des buckligen Glöckners von Notre Dame, als er aus Liebe zu Esmeralda starb. Obwohl ich mich dagegen wehrte, war ich gerührt.

Zuerst schwiegen die Goldgräber verlegen und dann begannen ein paar Leute mit ihm zu weinen und zu klagen. Und dann begann ein großes Schreien und Singen aller, ob gläubig oder ungläubig. Während manche »Aus Gnaden erwählt« oder »Heil Columbia« sangen, brüllten andere »Die Mädels von Buffalo«, »Puter im Stroh« und »Von Grönlands eisigen Bergen«. Mir gefiel dieses Durcheinander von falschen Tönen, denn es bedeutete sicher das Ende der Andacht, und so sang ich aus Leibeskräften »Heimat, süße Heimat«.

Dann holte der Gentleman seine Fiedel hervor und Rusty seine Mundharmonika. Zu ihrer Begleitung sangen wir zur Melodie von »Oh, Susanna«:

»Oh, California,
oh, dich verlass ich nie,
jetzt geht's nach Sacramento,
den Waschnapf auf dem Knie.«

Das Wort »California« brüllten alle besonders laut, alle außer mir. Ich schmetterte stattdessen »Massachusetts«.

Bruder Claymore schickte sich an, seinen Hut herumgehen zu lassen, und sagte: »All jene, die in die ewige Finsternis eingehen wollen, können uns jetzt verlassen, die Übrigen mögen bleiben um gezählt zu werden«, aber ich war unbesorgt. Bruder Claymores Gott würde schließlich nie jemanden in die Hölle schicken. Er zwickte einen vielleicht mal in die Backe oder ließ einem Prügel für etwas besonders Schlimmes zukommen, aber ewige Verdammnis? Nie!

Außer Amos Frogge machten sich alle davon, die einen zum Kartenspielen, die anderen zu ihrer Whiskyflasche und wieder andere in den Nebenraum des Saloons, wo bereits Raufereien im Gange waren. Wir stahlen uns in den kühlen Frühlingsabend hinaus, der nach Tannennadeln duftete und nach dem Getöse wunderbar still war.

Als Bruder Clyde in die Herberge zurückkam, fragte ich ihn: »Sind Sie jetzt ein Hirte mit Schafen, Bruder Clyde?«

»Mit nur einem Schaf, Miss Lucy. Bruder Amos hat sich für den Pfad der Gerechtigkeit entschieden.«

»Nur eines?« Ich hatte fast Schuldgefühle, weil mir sein Scheitern so willkommen war. »Dann werden Sie ja wohl bald zu den alten Staaten aufbrechen.«

»Keineswegs, Miss Lucy! Gepriesen sei der Herr, das ist mein Neubeginn. Eine gerettete Seele ist eine gerettete Seele. Dank sei dem Herrn Jesus!«

Und er fiel an Ort und Stelle auf die Knie und begann mit Gott zu reden.

Verwünscht! Ich blieb lange auf und schrieb beim Licht eines Kerzenstummels an Großmama und Großpapa, während Bruder Clydes Gebete sanft herüberklangen.

Ein weiterer Plan, wie ich Lucky Diggins verlassen könnte, ist zunichte geworden. Vielleicht hätte ich bei der Andacht darum beten sollen, dass Gott mir hilft, aber ich war so mit Bruder Clydes Scheitern beschäftigt, dass ich gar nicht daran dachte.

Die anderen hatten so viel Spaß beim Singen, als hätten sie alle ein Zuhause in Lucky Diggins und wären zufrieden. Bruder Clyde sagte, er sei ein Fremder in einem fremden Land, aber ich glaube, das bin eher ich. Hier ist kein Platz für mich. Wenn ich nicht zu euch nach Hause kann, werde ich einfach verwelkt in den Staub sinken und mich vom Wind nach Massachusetts zurücktragen lassen.

Ich seufzte und verbrannte den Brief in der Kerzenflamme. Es hatte keinen Sinn Großmama und Großpapa zu beunruhigen. In dieser Nacht schlief ich ruhelos, voller Traurigkeit und unnennbarer Sehnsucht. Ich hatte einen Traum. Mein Pa war nicht tot. Er hatte sich in den Bergen von Kalifornien verirrt. Ich erwachte mit tränennassem Gesicht.

ZWÖLFTES KAPITEL
SOMMER 1852

In dem ich den Unabhängigkeitstag feiere

Butte erholte sich nie mehr ganz davon, dass er beinah ertrunken wäre, so als hätte das Wasser irgendwie Schaden an seinen inneren Organen angerichtet. Er kehrte nicht mehr zu seiner Arbeit am Fluss zurück, sondern schlief die meiste Zeit oder saß in der Sonne und bemühte sich alles zu schlucken, womit Mama ihn aufzupäppeln versuchte. Um von ihren Brühen und Tränken wegzukommen, übernahm er das Jagen; er setzte sich auf den Baumstumpf und erschoss die Kaninchen und Eichhörnchen, die dumm genug waren in Prairies Garten einzudringen. Da er viel lieber jagte als ich und besser schoss, hatten wir in diesem Sommer mehr Fleisch und weniger Abendmahlzeiten, die nur aus dem zähen und faserigen Rindfleisch aus dem Süden bestanden, das wir Blechsteaks nannten. Aber ohne Buttes Lohn mussten wir sehr sparen und in meinem Gurkentopf waren immer noch mehr Spinnweben als Goldstückchen.

Anfang Juli bereitete sich Lucky Diggins darauf vor, den ersten Unabhängigkeitstag des neuen Staates Kalifornien zu feiern. Es sollte ein Feuerwerk geben und ein Picknick, Musik, Ansprachen und Kuchen, die ich im Gedanken an Massachusetts backen wollte.

Am 4. Juli war es schon morgens so heiß, dass man auf der Glatze eines Kahlköpfigen ein Ei hätte braten können, wenn irgendjemand ein Ei übrig gehabt hätte. Butte ging's nicht gut. Er hustete und spuckte und presste sich immerzu eine Hand auf die Brust, sodass er mit Mama zu Hause blieb. Prairie, Sierra und ich gingen hinunter zum Fluss, wo man einige Zeltplanen aufgespannt hatte. Alle aus der Stadt waren da, auch ein paar Goldgräber aus der Gegend, denen es wichtiger war diesen Tag zu feiern, als reich zu werden. Der Gentleman fiedelte, Mr. Scatter spielte auf der Ziehharmonika und Milly vom Saloon sang »Als ich dich verließ« und »Maryland, mein Maryland«, bis wir alle reichlich genug davon hatten. Belle Scatter und ihr Verehrer, der Rechtsanwalt, sagten, dass sie mit Vergnügen auf Prairie und Sierra aufpassen würden, bis es dunkel sei, »zum Üben«, meinte Belle und kicherte.

Da suchte ich mir einen schattigen Baum, breitete ein Tuch aus, verteilte meine Kuchen darauf und lehnte mich zurück, um reich zu werden. Nachdem ich eine Weile müßig dagesessen, Fliegen verscheucht und dem Lärmen des Festes zugehört hatte – dem Singen, Streiten, den Schüssen und der gebieterischen Stimme von Prairie, die die Goldgräber zum Topfschlagen anleitete –, tauchte Bernard Freeman auf. Er kaufte sich ein Stück Kuchen und sagte, er wolle den Tag oben am Ranger Creek verbringen. »Am besten verschwind ich aus der Stadt, bevor sie mit dem Trinken anfangen. Krieg nämlich immer Schwierigkeiten, wenn weiße Leute zu viel getrunken haben.« Da schenkte ich ihm noch ein Stück Kuchen.

Sonst kaufte niemand Kuchen. Die Leute standen Schlange bei Bean Belly Thomson, der Wassermelonen aus dem Tal gebracht hatte und sie für einen Dollar das Stück verkaufte. Auch wenn sie warm waren, mussten diese Melonen an einem so heißen Tag wunderbar schmecken, dachte ich und schaute sehnsüchtig hinüber.

»Willst du das hier für ein Stück Kuchen?«, fragte eine Stimme hinter mir. Es war Lizzie Flagg. Ihre braunen Haare waren verfilzt und staubig, ihr Gesicht schmutzig, verkratzt und voller Mückenstiche und ihre dünnen Arme und Beine voller Narben. Durch die Löcher in dem zerschlissenen Wildlederkleid konnte man ihre dunkle Haut sehen.

Aber Lizzie sah mich mit Augen an, die glänzten wie Apfelkerne, wunderschönen, aufmerksamen, klugen Augen. Erstaunlich! Da war ja ein richtiges menschliches Wesen drin versteckt. Und sie hatte mich angesprochen.

»Ich muss dreizehn Cent das Stück nehmen«, sagte ich.

Lizzie Flagg ließ sich neben mir nieder. »Schau mal, was ich dir dafür geben kann.« Sie streckte ihre schmutzige Hand aus. Da saß doch tatsächlich so still, als wäre sie gezähmt, eine Libelle, grün und silbern und mit einem wunderbaren goldenen Fleck, der in der Sonne schimmerte. Lizzie hatte sie mit einem Stück Faden festgebunden. Als sie die Hand bewegte, flog die Libelle auf, aber da der Faden sie festhielt, konnte sie sich nur in wilden Kreisen um Lizzies Kopf bewegen. »Kannst sie fliegen lassen, bis sie tot runterfällt, und sie dann mit 'ner Nadel an die Wand stecken. Die Farben sind so hübsch, wenn die Sonne draufscheint.«

»Ich geb dir ein kleines Stück Kuchen für die Libelle«, sagte ich, streckte einen Finger aus und berührte vorsichtig einen der zarten Flügel. Lizzie hatte wahrscheinlich sowieso keine dreizehn Cent und die Libelle war wunderbar. »Sie ist so schön.«

Lizzie strahlte. »Du findest sie schön? Gib mir den Kuchen und dann zeig ich dir 'ne geheime Stelle, wo ich sie gefunden hab. Da is' alles so schön.«

»Ich kann nicht weg, bevor ich nicht den ganzen Kuchen verkauft habe.«

»Ach komm doch«, sagte sie und nahm mich an der Hand. »Kannst sie verkaufen, wenn wir zurück sind.« Überwältigt von Lizzies Begeisterung gab ich ihr ein Stück Kuchen. Während sie es aß und ihr der Saft der wilden Pflaumen übers Gesicht lief, bedeckte ich die Kuchenstücke zum Schutz vor den Fliegen und ließ dann die Libelle frei. Sie flog davon und ihre Flügel blitzten in der Sommersonne.

»Warum machst du das?«, fragte Lizzie. »Den Kuchen kriegst du nicht zurück.«

»Macht nichts«, sagte ich. »Pa hat uns nie erlaubt, dass wir wilde Tiere gefangen halten. Und Mama sagt, dann hätte sie noch mehr Münder zu stopfen.«

Wir kletterten die Schlucht hinauf, an einer Gruppe junger Föhren vorbei, deren Zapfen sich gerade öffneten, und dann über eine Anhöhe. Als es mir so heiß war, dass ich dachte, ich müsste verschmachten, sagte Lizzie: »Hier is es.«

Es war eine Wiese auf einer Lichtung, die von Bäumen umgeben war. Die Wiese war voller wilder Blumen, weiß, gelb, gold, orange, gestreift, gepunktet, klein und groß. Dann klatschte Lizzie in die Hände und die Blüten flogen in die Luft. Es waren Schmetterlinge! Gelbe mit schwarzem und rotem Muster, schwarze mit orangefarbenen Tupfen, weiße und rosafarbene und blaue. Alles war voll von ihnen, sie flogen, sie ließen sich nieder, sie bedeckten ganze Bäume.

»Wir sind im Feenland«, sagte ich.

»Was is denn das?«

»Na, da wo die Feen leben.«

»Was sind denn Feen?«

»Na, du weißt doch, Feen, so was wie Elfen und Heinzelmännchen.«

»Was is denn das?«

Und so verbrachten wir den Unabhängigkeitstag in einer Wiese liegend wie zwei Welpen in einem Korb, während ich Lizzie Flagg über Feen und Elfen und Heinzelmännchen erzählte. Und vom Grafen von Monte Christo und von der sanften und schönen Rebecca. Wenn wir ganz still dalagen, ließen sich die Schmetterlinge auf uns nieder, sodass es aussah, als wären wir von Wildblumen bedeckt, bis wir lachten und die Schmetterlinge wieder in die Luft schwärmten.

Dafür erzählte mir Lizzie von ihrer Familie, die ganz abgesondert lebte und sich nur von dem ernährte, was sie in der Natur fand, von Früchten, Kräutern und Fleisch. »Mein Pa ist ein Trinker und ziemlich böse. Wir können's irgendwie aushalten, aber vor ein paar Jahren hat Mama einfach aufgehört zu reden, weil sie solche Angst hatte, dass sie was Falsches sagt und er mit der Faust oder dem Stiefel auf sie losgeht. Sie ist überhaupt nicht verrückt oder dumm, sie hat sich nur in sich verkrochen, glaub ich.«

Ich hatte schon gehört, dass sich die Leute über Linus Flagg beklagten, wenn er betrunken war, aber ich hätte nie geglaubt, dass er so ein übler Kerl ist, der Mrs. Flagg und seine eigenen Kinder schlägt. Wenn Papa noch lebte, dachte ich, würde er Mr. Flagg gründlich den Kopf waschen!

Lizzie kratzte sich einen Grind am Knöchel ab und fuhr fort: »Die Jungens leben die meiste Zeit draußen – manchmal sind sie kaum von wilden Tieren zu unterscheiden. Aber ich bleibe hauptsächlich wegen Ruby Ramona und Ma.«

»Kann niemand was dagegen tun?«, fragte ich. »Der Sheriff vielleicht oder Bruder Claymore?«

»Das geht nur uns was an. Irgendwann machen wir schon was dagegen.«

Lizzie sah wild entschlossen aus und ich wechselte rasch das Thema. Ich erzählte ihr von Robinson Crusoe, der in der Wildnis lebte wie die Flaggs, und sie erzählte mir, wie man eine Waldratte brät, wie man Schlingen legt, wie man aus Vogelknochen Flöten macht und aus Rehhufen Rasseln. Wir verschwatzten den ganzen Nachmittag.

Ich war überrascht, wie angenehm Lizzies Gesellschaft war, obwohl sie doch nichts von Büchern oder so etwas wusste, aber ich konnte mir nicht vorstellen, was meine Freundinnen daheim in Massachusetts mit ihr angefangen hätten. Vergiss es, dachte ich, Lizzie ist hier und sie sind weit weg. Schließlich machten wir uns auf den Weg nach unten, mit glühenden Backen, müde und zufrieden.

Als wir am Fluss ankamen, waren die Kuchen weg und es lag ein Zettel da: »Kleine Schwester, wir ham deine Kuchen gegessen. Waren gut.« In einer leeren Blechdose, die daneben stand, war genug Goldstaub für zwanzig Stück Kuchen und das bedeutete, dass ich zwei Wassermelonen für mich und für Butte kaufen und Mama ein bisschen Goldstaub geben konnte und dann immer noch etwas für meinen Gurkentopf übrig war! Ich war sprachlos vor Freude.

Lizzie und ich setzten uns unter einen Baum und schlürften die Melone und der warme Saft rann über unser Kinn. Leo Mack wollte ein Streichholz an seinem Hosenboden anzünden, um die Kracher loszulassen, mit dem Erfolg, dass sein Hinterteil zu brennen begann. Er hüpfte herum wie ein Frosch in der Pfanne, bis Jimmy ihn umwarf und ihn im Staub wälzte. Endlich wurden die Kracher angezündet und wir begleiteten den Lärm mit freudigem Geschrei. Amos Frogge kletterte auf einen Baum, feuerte seine Pistole ab, rief: »Dreimal hoch auf die Unabhängigkeitserklärung«, und fiel vom Baum. Jimmy wuchtete Amos auf seine Schulter und alle Goldgräber gingen zusammen in den Saloon.

Ich trug die Melone heim zu Mama und Butte und blieb alle paar Schritte stehen um meine Arme auszuruhen. Ich finde, Gott hat einen großen Fehler gemacht, als er vergaß die Wassermelonen mit Griffen auszustatten.

Den Rest der Nacht verbrachte ich damit, Prairie und Sierra

gezuckerten Tannenspitzentee einzuflößen, um die Wirkung von zu viel Wassermelonen zu bekämpfen. Mama sagte, Belle hätte weiß der Kuckuck noch entschieden zu wenig Übung im Kinderhüten.

DREIZEHNTES KAPITEL

Sommer 1852

In dem ich etwas über das Leben und das Abschiednehmen lerne

Butte kam eines Tages von der Jagd mit einem jungen verletzten Waschbären zurück. Das Tier war offensichtlich in einen schlimmen Kampf geraten, denn ihm fehlte der Schwanz und es hatte Bisswunden in den Hinterbeinen. Ich wusch seine Wunden und legte Spinnweben darauf, um das Blut zu stillen. Mama seufzte und sagte, Butte könne ihn behalten, bis er wieder gesund sei. Das zeigte, für wie krank Mama Butte hielt, dachte ich erschrocken.

Butte baute einen Käfig aus stabilen Ästen für den Waschbären. Es war ein Weibchen und wir nannten es Cora. Als es ihm besser ging, wollte Butte es freilassen, aber ich war dagegen, weil ich Angst hatte, dass es im Wald draußen zu gefährlich sei mit all den Bären und Indianern und Jägern. Vielleicht hatte sie das nächste Mal weniger Glück. »Nein, danke, Cora geht's hier bei uns besser«, sagte ich zu ihm. Pa wäre nicht einverstanden gewesen, aber Cora blieb, wurde gesund, wurde größer und lief immer ruheloser in ihrem Käfig herum.

Meine Kuchen waren beim Picknick am Unabhängigkeitstag ein solcher Erfolg gewesen, dass Mr. Scatter täglich zehn Stück haben wollte, um sie zu verkaufen. Schon bald konnte ich von einem Teil des Geldes Lizzie Flagg anstellen, damit sie mir half Teig auszurollen und Obst zu kochen. Mama sagte, Lizzie sei so schmutzig, dass man auf ihrem Hals Kartoffeln anpflanzen könnte und dass sie ihre Finger besser von den Kuchen lassen sollte. Ich half Lizzie, sich im Wäschezuber zu waschen, und Mama gab ihr ein altes Hemd zum Anziehen. Lizzie sah damit ein bisschen wie ein bekleidetes Wiesel aus, aber auf jeden Fall roch sie besser.

»Wusste gar nicht, dass eine von den Flaggs so hübsch aussehen kann«, sagte Butte. Da spuckte ihm Lizzie vor die Füße.

Butte ging es jeden Tag in diesem Sommer schlechter. Er hustete schrecklich, bekam Fieber und schien manchmal nicht ganz bei sich zu sein. Mama gab ihm glitschigen Ulmentee und Zwiebeln, die sie mit Honig aufgekocht hatte, aber es half alles nichts. Im August ging es ihm so schlecht, dass er mit dem Jagen aufhören musste und Lizzie es übernahm. Ich begleitete sie manchmal, aber ich hatte Angst, dass eine Kugel von einem Baum oder Felsen zurückprallen und mich töten könnte wie den Bären in der »Ballade vom Klapperschlangen-Joe«. Ich dachte dauernd ans Sterben.

Wenn es ihm einigermaßen gut ging, saß Butte meistens am Feuer und schnitzte Axtstiele und Rührlöffel, die ich Mr. Scatter zusammen mit den Kuchen verkaufte. Weil ich Vorräte kaufen, Lizzie bezahlen und an Mama einiges abgeben musste, wurde mein Gurkentopf trotzdem nicht voll. Massachusetts schien so weit entfernt zu sein wie China.

Einmal, als ich aus dem *Schloss von Otranto* vorlas, unterbrach mich Butte. »Lucy, denkst du manchmal ans Sterben?«

»Natürlich, die ganze Zeit. Ich denk daran, dass mich ein Verbrecher erschießt oder ein Grizzly auffrisst …«

»Nein, ich meine einfach sterben, Stück für Stück, merken, dass man selbst immer ein bisschen mehr abstirbt. Weißt du, wie wenn deine Schuhe ganz nass sind und du sie auf den Ofen stellst und sie dampfen und bald ganz trocken sind. Na ja, so fühl ich mich, als würd das Leben aus mir rausgehen wie der Dampf, der aus nassen Schuhen aufsteigt.«

Ich schauderte, obwohl mein Gesicht heiß wurde. Ich wollte nicht wahrhaben, dass es mit Butte vielleicht zu Ende gehen konnte. »Red keinen Unsinn. Du stirbst doch nicht. Du bist doch noch nicht mal zwölf.«

Er lehnte sich zurück und schloss die Augen. »Ich hab gar keine Angst«, sagte er und ich sah, wie sehr er sich darum bemühte. »Ich glaub, ich bin nie dazu gekommen was zu tun, für das ich in die Hölle kommen müsste.«

»Du stirbst nicht«, wiederholte ich, weil mir nichts Besseres einfiel ihn oder mich selbst zu trösten. Dann saßen wir einfach da und unser Schweigen wurde nur durch das regelmäßige Schlagen eines Hammers auf dem Amboss in Amos Frogges Schmiede unterbrochen.

Im Juli und August war es so heiß und trocken wie in einem Backofen. Die Erde bekam Risse, die Flüsse trockneten aus und ich hatte Heimweh nach dem Sommerregen von Massachusetts. Weil kein Wasser da war, mussten die Goldgräber Steine aufbrechen auf ihrer Suche nach Gold, anstatt es aus dem Sand und den Kieseln des Flusses zu waschen. Viele von ihnen gaben einfach auf, gingen in den Saloon oder nach Sacramento oder sogar zurück nach Hause.

Die Nächte waren so heiß, dass man nicht schlafen konnte, aber das war sowieso egal, weil niemand, der Ohren hatte, schlafen konnte bei dem Lärm, den Cora machte, während sie an ihrem Käfig rüttelte, und wegen Buttes Husten.

Viele Leute waren plötzlich furchtbar nett zu uns. Bean Belly Thomson brachte aus Sacramento eine Flasche »Doktor Lippincotts Berühmtes Lungen- und Nerven-Tonikum mit Heilwurz, Knoblauch, Poleiminze, Verbena und Alantwurzel. Wirkt Gegen Lungenstörungen, Hysterie und Bisse von tollwütigen

Hunden« und nahm nicht mal einen Penny dafür. Aber es half Butte nichts. Schneeschuh-Ballou brachte Wapiti-Kleewurzeln mit, die Hennit ihm gegeben hatte. Auch das half nicht.

Mr. Scatter hörte, dass es in Skunk Valley einen Arzt gab, und so machten sich Jimmy Schnurrbart und sein Maultier Arabella auf den Weg ihn zu holen. Es dauerte drei Tage, während deren Mama sich und Butte nur durch ihre Hoffnung aufrecht hielt.

Der Arzt aus Skunk Valley war fast so jung wie ich und hatte ein mageres, pickliges Gesicht. Als er Butte sah, wurde er so blass, dass seine Pickel wie Mohnblumen im Sand leuchteten.

»Ich bin kein richtiger Arzt«, flüsterte er. »Hab ein paar Zähne gezogen und ein paar Verletzungen mit einer Salbe geheilt, die mir meine Mutter gegen Sonnenbrand gegeben hat. Aus Schweinefett und Schlüsselblumen. Aber dieser Junge sieht wirklich sehr krank aus und ich bin kein richtiger Doktor.«

»Du bist so nutzlos wie eine Warze an einem Schweinehintern!«, schrie Jimmy und warf ihn hinaus. Der Junge verschwand, Butte ging es nicht besser und Mama wurde trauriger und stiller, als wäre ihre ganze Hoffnung mit dem Jungen, der kein Doktor war, aus der Stadt hinausgeritten. Jimmy und Arabella machten sich auf den Weg nach Marysville oder Sacramento oder San Francisco oder »sogar bei Gott bis Boston«, sagte er, um einen richtigen Arzt zu suchen. Mama ließ ihn losziehen, aber sie hatte keine Hoffnung, dass er rechtzeitig zurückkommen würde um Butte zu helfen.

Prairie und Sierra und ich wechselten uns damit ab, Butte den Pfefferminztee, den Mama gemacht hatte, und die schrecklich schmeckenden Kräutertränke, die Lizzie gebraut hatte, einzuflößen. Vor Mama und den kleinen Mädchen sprach er nicht vom Sterben, aber wenn wir allein waren, stellte er mir eine Menge Fragen: ob er Pa und Golden wiedersehen werde, wie die Prediger sagten? Ob er Jesus sehen werde? Ob er überhaupt irgendetwas sehen oder einfach in einem Loch im Boden liegen werde, in das der Regen rann? Ich hatte wenige Antworten für ihn.

»Oje, Butte, wie soll ich's wissen, wo ich doch nie tot war? Ich glaube, da ist niemand, der's weiß und der hier rumläuft um davon zu erzählen. Ich hoffe einfach, dass alle guten Dinge stimmen, die uns die Prediger über den Himmel und die Engel erzählen und darüber, dass wir Gott schauen werden und dass die schlechten Dinge nicht stimmen. Und außerdem finde ich, dass es hier schon heiß genug ist, sodass wir uns über die Hölle keine Sorgen machen müssen.«

Einmal fragte er: »Was wird mit euch sein ohne mich? Ihr seid alle Frauen und es ist kein Mann da, der Familienoberhaupt sein könnte.« Er dachte einen Moment lang nach und sagte dann: »Ich glaube, dass der Gentleman in Mama verliebt ist. Wenn ...«

»Wir brauchen den Gentleman nicht. Wenn du sterben würdest, und du wirst nicht sterben, können Mama und ich uns ganz gut um die Familie kümmern.«

»Vielleicht könntest du's. Du hast mehr Mut, als du denkst.« Er grinste. »Na ja, vielleicht geht alles gut.«

Bruder Clyde, der das Wort Gottes in andere Städte und Zeltlager gebracht hatte, kehrte zurück. Er setzte sich zu Butte und erzählte ihm von Gottes Himmelreich und von der Ruhe in Abrahams Schoß. Als Bruder Clyde so mit seiner starken, klangvollen Stimme auf ihn einredete, schienen Buttes Ängste ihn zu verlassen, wie er es von seinem Leben gesagt hatte: wie Dampf aus nassen Schuhen. Als Bruder Clyde ihm versicherte, dass im Himmel jeder Junge Schiffskapitän sein durfte, lächelte Butte.

Eines Nachts lag Butte unheimlich still da und hatte nicht

einmal mehr Kraft zu husten. Mama, Prairie, Sierra, Bruder Clyde, der Gentleman und ich saßen um sein Bett. Ich betete im Stillen, dass er irgendein Geräusch von sich geben möge, und wenn es nur ein Stöhnen war, damit ich wusste, dass er noch lebte.

Plötzlich öffnete er die Augen weit. »Lucy«, sagte er, »'nen Tröster schlucken.«

»Was?«

»'nen Tröster schlucken. Das neunundzwanzigste Wort für Saufen.« Er schloss die Augen wieder. Das waren die letzten Worte, die wir von ihm hörten.

An dem Morgen, an dem wir Butte begruben, kam Jimmy Schnurrbart mit einem finster blickenden Doktor zurück, den er auf sein Maultier gebunden hatte. Während Jimmy uns half das Grab auszuheben, befreite sich der Doktor und ergriff die Flucht. Wahrscheinlich rannte er den ganzen Weg bis San Francisco.

Butte wurde auf einer Wiese flussaufwärts zusammen mit seinem Taschenmesser begraben. Als Bernard Freeman Erde auf sein Leintuch schaufelte, ließ ich ein Stückchen Papier zu ihm hineinfallen. *Durch die Gurgel jagen,* stand darauf. Nummer dreißig. Ich hatte an diesem Morgen ziemlich lange in der Stadt herumfragen müssen, um den Ausdruck zu finden.

Nachmittagelang saß ich da, Cora im Arm, und weinte, bis ihr Fell ganz nass war. Es wurde immer schwerer Cora in ihrem Käfig zu halten, aber ich brauchte sie jetzt mehr denn je.

Auch Prairie und Sierra weinten, aber Mama nicht. Mamas Mund wurde härter und ihre Augen trauriger und sie band sich das Haar noch fester zusammen, aber sie weinte nicht. Wenn ich diese Frau, die jeden Tag weniger aussah wie Mama, betrachtete, bekam ich Angst. Ich wich ihr nicht mehr von der Seite. Was Mama tat, tat ich auch. Wo Mama saß, saß ich auch.

Wohin Mama ging, ging ich auch, die Hand an ihre Schürze geklammert und den Blick auf ihr Gesicht gerichtet.

»California Morning Whipple, was soll das? Du machst mich ganz verrückt und hältst mich nur von der Arbeit ab«, fuhr Mama mich schließlich an. »Geh und mach dich nützlich.«

»Ich habe Angst, Mama«, sagte ich und wieder liefen mir Tränen über das Gesicht. »Die Welt ist so gefährlich und alle sterben – Oma Whipple und Pa und Golden, Ocean und jetzt auch noch Butte. Ich muss mich an dir festhalten, sonst sterbe ich. Oder du stirbst.«

Mamas Gesicht sah plötzlich grau und faltig aus, als wäre sie auf einmal hundert Jahre alt. »War es ein Fehler von mir, dass ich euch Kinder hierher in diese Wildnis geschleppt habe, wo es nicht einmal einen Arzt gibt? Oh Gott, würde Butte noch leben, wenn …«

»Mama, sag so was nicht. Es ist nicht deine Schuld. Pa und Golden sind in Massachusetts gestorben. Überall sterben die Leute. Es ist nicht deine Schuld. Die Menschen sterben eben.«

Mama schneuzte sich. »Jetzt hör ich dir mal zu und du bringst mir was bei.« Sie tätschelte mir die Backe. »Du und ich, wir sind so verschieden. Ich schau immer nach vorne, den Blick nach Westen. Und du schaust zurück auf das, was du hattest und liebtest. Und verloren hast.« Mama blickte mich an, als sähe sie mich zum ersten Mal.

»Ich möchte nur, dass wir alle in Sicherheit sind.«

»Ich glaube, es gibt nirgendwo Sicherheit, außer in Gottes nachsichtiger Liebe und auf deinen eigenen Beinen. Auf beides müssen wir vertrauen.«

»Butte hat auch darauf vertraut und ist gestorben.«

»Und wenn du Gott siehst, kannst du ihn fragen, warum. Bis dahin …« Mama seufzte und einen Augenblick lang konnte ich in ihrem Gesicht wieder die alte Mama sehen. »… haben wir nichts anderes als unser Gottvertrauen. Und wir haben einander und uns selbst, egal, wo wir sind. Gut, das Leben ist hart, aber du musst dich auf die eigenen Füße stellen und ihm ins Auge schauen.« Sie machte meine Hand von ihrer Schürze los, zog mich auf ihren Schoß und wir beide weinten eine Weile. Danach fühlten wir uns besser.

Als ich in der Nacht wach lag und hörte, wie Cora an ihrem Käfig rüttelte, dachte ich an das, was Mama gesagt hatte. Mein Magen zog sich zusammen, mein Kopf und mein Herz taten mir weh. Schließlich stand ich seufzend auf.

Die Nacht war so warm, wie es der Tag gewesen war, und der vertraute Geruch nach Tannennadeln, Staub und Holzfeuer lag in der Luft. Ich öffnete Coras Käfig und ließ sie frei. Der kleine Waschbär flitzte in den Wald ohne sich einmal umzusehen, ohne einen Blick, der mir gezeigt hätte, dass er wusste: Ich hatte ihn gerettet und geliebt und war traurig ihn zu verlieren.

Liebe Großmama und lieber Großpapa,

Butte ist tot. Er war elf Jahre alt, konnte rechnen und wusste dreißig Worte für Saufen. Ich wusste nicht, dass ich ihn liebte.

Im nächsten Frühjahr sah ich eine Waschbärenfamilie, die in der Nähe der Schmetterlingswiese aus dem Buck Creek trank. Das Weibchen hatte zwei Kinder und keinen Schwanz. Sie sah wohlbehalten und glücklich aus. Sie sah nicht her, als ich »Cora« rief.

VIERZEHNTES KAPITEL
HERBST 1852

In dem Mr. Flagg ein böses Ende nimmt und niemand ihm nachtrauert

Der September war heiß und ruhig und die übrig gebliebenen Goldgräber mussten weiter flussaufwärts ziehen, um Schürfstellen zu finden, die noch nicht ausgebeutet waren; sie hinterließen tiefe Löcher, kahle Hügel und Kiesberge. Sie mussten tiefer graben und mehr Erde auswaschen, deshalb brauchten sie mehr Wasser. Bald war das Land durchzogen von Gräben, Röhren und Kanälen, die Wasser von da nach dort beförderten, mit dem wieder Erde und Geröll gewaschen wurden. Wir leiteten etwas von diesem Wasser in unsere Richtung ab und hatten so etwas für unsere Pflanzen und durstigen Maultiere und ich musste kein Trink- und Waschwasser mehr über so große Strecken schleppen. Da die Herbergsgäste so weit entfernt arbeiteten, kam keiner mehr zum Abendessen heim, sodass ich mehr Zeit für mich, zum Lesen und Briefeschreiben und Kuchenbacken und Geldverdienen hatte. In ihrer Trauer achtete Mama kaum darauf, was ich tat oder was Prairie und Sierra taten. Die Herberge wirkte vernachlässigt, die Goldgräber wurden kümmerlich ernährt. Obwohl Mama immer da war, war sie mit ihrem Herzen draußen auf der Wiese bei Butte, und wir Zurückgelassenen fühlten uns einsam.

Ich begann mit Lizzie herumzuziehen, wenn sie in den Fallen ihres Vaters nach Tieren schaute. Weil ich an Cora denken musste, die sich allein im Wald durchschlug, bat ich Lizzie die

Tiere laufen zu lassen, wenn sie nicht tot waren, aber sie knallte sie einfach mit dem Springfield-Gewehr ihres Vaters ab. »Viehzeug ist Viehzeug«, sagte Lizzie, »und zu nix anderem gut als zum Abschießen, obwohl manches ganz gut schmeckt.« Lizzie zog den Tieren an Ort und Stelle das Fell ab, steckte es mit den essbaren Teilen in ihren Jagdbeutel und bestückte die Köder wieder mit dem, was übrig war. Was für ein Unterschied, dachte ich, zu Bernard Freeman, der nicht einmal Schinken aß, wenn er hungrig war, und wie seltsam von mir, dass ich sie beide bewunderte.

Während wir herumzogen, plapperten Lizzie und ich wie die Truthähne. Ich erzählte Lizzie von Butte und wie er als kleiner Junge gewesen war, von Golden und Pa, von Großmama und Großpapa und von meiner Cousine Batty, von der Schule, von Jahrmärkten in Massachusetts und vom Gurkentopf. »Wie du weißt, ist es mein größter Wunsch nach Massachusetts zurückzugehen«, sagte ich eines Tages. »Und du? Hast du auch so einen Herzenswunsch?«

»Ich glaub«, sagte Lizzie, »ich hab alles, was man braucht.« Dann dachte sie einen Moment nach und kaute dabei auf ihrer Unterlippe herum. »Na ja, wenn Pa aufhören würde rumzuprügeln …« Manchmal war Lizzie grün und blau geschlagen, aber das war etwas, worüber sie nicht reden wollte.

Lizzie erzählte mir von den Lachsen, die die Flüsse bevölkerten, bevor die Goldgräber ankamen und das Wasser in Schlamm verwandelten, der »zu dick zum Trinken und zu dünn zum Pflügen« war, von Indianern, die mit Kondorfedern geschmückt ihre Gebete tanzten, davon, wie man Manzanita-Beeren mahlt und Stachelschweine enthäutet und die Blätter des wilden Tabaks raucht.

Sie brachte mir bei, die Bäume genauer zu betrachten. »Es sind nicht alles einfach Bäume, Lucy. Es gibt Eichen und

Kiefern und Zedern und Fichten. Schau dir die Fichten an. Sie sind auch alle verschieden. Diese hier nenn ich Schuppenfichte, weil sie eine so geschuppte Rinde hat. Und die hier mit der Rinde wie Pilze nenn ich Pilzfichte. Hier ist eine glatte Fichte und hier die Riesenfichte, die allergrößte.«

Und so lernte ich, wie die Dinge in Kalifornien hießen: Goldgräbersalat, Sternschnuppe, Wasserlinse, Fingerhutbeere, Skunkbusch, Nadelgras, Schachbrettblume. Ich wusste nicht, ob es die richtigen Namen oder Lizzies Erfindungen waren. Aber das schien mir auch nicht wichtig.

Wir sahen einen Rotluchs, der sich in Katzenminze wälzte und einer riesigen Katze glich, und einen Habicht, der ein Kaninchen in den Fängen hatte. Einmal kletterten wir den ganzen Morgen bergaufwärts und kamen zu einer Bienenweide, die knietief voll Blumen stand und sich über Meilen erstreckte. Hier gab es wilde Rosen und Brombeersträucher und Klee in Gelb, Purpurrot und Rosa und die Luft war erfüllt vom Summen der Bienen und von süßem Duft. Wir legten uns eine Weile in die Blumenwiese, aber nachdem wir ein paar Mal gestochen worden waren, gingen wir weiter und überließen sie den Bienen. Ich fand sie später nicht wieder, aber ich vergaß sie nie mehr.

Auf unserem Rückweg durch den Wald sahen Lizzie und ich ein Indianermädchen mit wirrem und schmutzigem Haar und einem Gesicht, das ganz dunkel war von Erde, Asche oder Narben. Es stolperte, als es an uns vorbeikam, und ich streckte ihm helfend die Hand entgegen.

»Nein«, sagte Lizzie. »Lass sie. Ihr fehlt nichts. Wahrscheinlich ist sie grade zur Frau geworden und darf sich ein paar Tage lang nich waschen, nich die Haare kämmen und mit niemandem reden. Wahrscheinlich is sie nur zum Pinkeln in den Wald gegangen.«

»Sie ist Frau geworden? Du meinst, dass ihre Blutung angefangen hat?«, fragte ich und wurde knallrot dabei. »Warum wird sie dann weggeschickt?«

»Sie muss allein sein, um Träume haben zu können.« Lizzie zuckte mit den Schultern. »Das glauben die. So wie wir glauben, dass wegen einer Frau, die blutet, die Milch sauer wird und die Saiten an der Fiedel zerreißen.«

»Ich glaub das nicht. Niemand glaubt es. Es ist einfach eine Krankheit, die jeden Monat kommt.«

»Dann kocht ihr wahrscheinlich auch nicht Gänsefuß mit Klapperschlangenwurzel als Medizin dafür?«

»Nein, wir legen uns nur in einem verdunkelten Zimmer ins Bett.«

»Hast du das in Massachusetts gelernt?«, fragte Lizzie. »Also, das muss ja ein komischer Ort sein. Weißt du wenigstens, dass es was mit Kinderkriegen zu tun hat?«

Ich wurde wieder rot. »Schon ... aber nicht genau, wie. Aber es ist mir auch egal, weil ich mir sowieso nicht vorstellen kann, dass ich mich verliebe und heirate und Kinder kriege und all das.«

»Das werd ich mir auch nich antun. Ich hab schon genug Ärger und blaue Flecken durch meinen Pa.«

Während wir miteinander sprachen, kam das Indianermädchen wieder vorbei, den Blick auf den Boden gesenkt. Ich fand, sie sah aus, als hätte sie uns gerne zugezwinkert, wenn es ihr nicht verboten gewesen wäre.

Das war das letzte Mal für längere Zeit, dass Lizzie und ich herumstreiften. Am nächsten Morgen kam Jimmy Schnurrbart in die Stadt gerannt, mit rotem Kopf und ganz atemlos. Er sagte, er hätte einen Schacht abstützen wollen und dabei Linus Flagg entdeckt, »der unten im Loch lag, tot wie 'ne Dose Corned Beef«. Snoose McGrath lief nach French Bar, um den Deputy zu holen.

Während wir auf die beiden warteten, verbreitete sich die Neuigkeit in Lucky Diggins so schnell wie Feuer in dürrem Gras. Alle waren neugierig den Leichnam zu sehen und so wanderten wir flussaufwärts über eine Anhöhe zum Moon Creek, um dem Verstorbenen Mr. Flagg die Ehre zu erweisen. Daraufhin pilgerten wir wieder zurück, manche froh und dankbar für den kleinen Ausflug, andere in düsterer Stimmung, weil sie über den Tod und solche Sachen nachdachten. Ich vergoss ein paar Tränen, aber nicht für Mr. Flagg, sondern für Butte, der nie getrunken oder jemanden verprügelt hatte und es nicht verdiente tot tief unten in einem Erdloch zu liegen.

Ich dachte, ich könnte Lizzie ein bisschen trösten, weil ich auch meinen Pa verloren hatte, aber Lizzie kam weder zum Jagen noch zum Kuchenbacken noch zum Herumstreifen. Von den Flaggs war nichts mehr zu sehen außer dem, was von Linus übrig geblieben war. Jimmy sagte, sie hätten sich wahrscheinlich verkrochen wie wilde Tiere, die argwöhnisch abwarteten, und wir sollten sie am besten in Ruhe lassen.

Die Goldgräber blieben die meiste Zeit in der Stadt und stopften Hemden und Hosen. Niemand grub, pflanzte oder kaufte ein. Die Luft war heiß und still, als hielte die Welt den Atem an, bis der Deputy kam.

Dann am Freitag erschien er, ein kleiner, feister Mann, dessen Nase und Backen von spinnwebartigen Falten überzogen waren und der stirnrunzelnd vor sich hin schimpfte, als wäre Lucky Diggins fast so etwas wie die Hölle und jedenfalls der letzte Ort, an dem man sich an einem heißen Oktobertag aufhalten möchte. Und das war es ja wohl auch. Wieder pilgerten alle nach Moon Creek. Durch die Hitze roch Mr. Flagg ziemlich stark, deshalb kam ihm niemand außer dem Deputy zu nahe.

»Erschossen«, sagte der Deputy.

»Erschossen … erschossen … erschossen«, lief es wie ein Echo durch die Zuschauer.

»Seit ein oder zwei Wochen tot«, fügte er hinzu.

»Ein oder zwei Wochen tot … ein oder zwei Wochen tot … ein oder zwei Wochen tot«, murmelten die Leute.

Der Deputy begann mit seinen Nachforschungen. »Irgendwas gesehen?«

Der Erste: »Gar nix.«

Der Deputy spuckte aus und ging zum Nächsten. Er sah nicht aus, als würde er sich große Mühe machen.

Nachdem das etwa einen Tag lang so gegangen war und etwa hundert Heidelbeerkuchen verzehrt worden waren, ritt er über den Fluss und kam mit Mrs. Flagg zurück. Alle versammelten sich vor dem Saloon um zu sehen, wie es weiterging.

»Tut mir Leid, meine Damen und Herren«, sagte der Deputy, »ich habe den Fall geklärt« (was so viel hieß wie: Mrs. Flagg hatte zugegeben, dass sie ihren Mann erschossen hatte) »und muss Mrs. Flagg in Gewahrsam nehmen« (das hieß, in den Lagerraum hinter dem Saloon sperren), »bis wir die Geschworenen berufen haben« (also zwölf Männer, alle in nüchternem Zustand) »und einen Prozess führen können.«

Mama und ich brachten heiße Suppe in den Saloon hinüber für Milly, die krank war. Es saßen schon einige Männer bereit für die Verhandlung. »Mama«, sagte ich, »können wir Mrs. Flagg nicht helfen, dass sie ein bisschen sauberer und weniger abgerissen aussieht? Ich glaube nicht, dass sie in dem Zustand von allen gesehen werden will.«

Billy Parker, der es gehört hatte, spuckte aus und sagte: »Du kannst ’nem Schwein ’ne Frackschleife umbinden und es Maurice nennen, es bleibt trotzdem ’n Schwein.«

Wütend über diese Bemerkung und das Gelächter, das darauf folgte, murmelte ich den ganzen Weg zurück zur Herberge vor mich hin: »Ich hätte sagen sollen: ›Kleider machen Leute‹ oder ›Wer mit den Wölfen heult …‹. Ich hätte sagen sollen: ›Erst denken, dann reden.‹ Ich hätte sagen sollen …«

Erst als wir zu Hause waren, fiel mir das Richtige ein.

»Mama …«

»Gib endlich Ruhe. Es ist doch egal, was sie anhat.«

»Aber Mama, hör doch mal. Du findest doch immer gut, was Großmama sagt, und Großmama sagt: ›In einer rauhen Schale steckt oft ein guter Kern. Trotzdem schadet ein bisschen Rausputzen nichts.‹«

Da musste Mama fast lächeln. »Sieh mal einer an. Ich muss mich ja in letzter Zeit reichlich oft von dir belehren lassen.«

Großmama hatte zwar auch gesagt: »Lass die Toten ihre Toten begraben. Kümmert euch lieber um die Lebenden«, aber ich dachte, es sei jetzt doch besser den Mund zu halten.

Wir holten Mrs. Flagg aus dem Saloon und sie durfte sich bei uns waschen. Als sie sauber war, hatte Mrs. Flagg plötzlich lockige rote Haare und keine fettigen dunklen Strähnen mehr; außerdem waren eine Menge Narben und Prellungen zu sehen, bei deren Anblick Mama die Lippen zusammenpresste. In meinem alten blauen Kleid sah Mrs. Flagg jung und hübsch aus, nur ihre Augen blieben traurig.

Im Saloon hatte man Bänke für die Geschworenen aufgestellt. Sie setzten sich aus Goldgräbern zusammen, deren Neugier größer war als ihre Geldgier, und außerdem aus Mr. Scatter, Amos Frogge, Billy Parker und Poker John Lewis. Lizzie und Ruby Ramona und die Flagg-Jungens standen im Hintergrund. Lizzie sah verschlossen aus und sagte kein Wort, als hätte sie sich ganz in ihr Inneres verkrochen und das Licht ausgeblasen.

Mama ging nicht hin. Sie sagte, die arme Frau hätte schon genug auszuhalten auch ohne das Geschnatter und Geglotze von Leuten, die nichts bei der Verhandlung verloren hatten. So erfuhr Mama erst beim Abendessen vom Ergebnis des Prozesses, als Jimmy Schnurrbart ihr alles haarklein erzählte.

»Der alte fette Deputy hat geschwitzt wie ein Käse in der Sonne. Dann hat er sich das Gesicht abgewischt und Mrs. Flagg gefragt, ob sie Linus Flagg erschossen hat. Sie sagt kein Wort und nickt nur.

›Schuldig!‹, ruft der Deputy und haut mit seinem Schuh auf den Tisch. Scatter springt auf und brüllt: ›Jetzt aber mal halblang.‹ Er schaut Mrs. Flagg an.

›Haben Sie Linus erschossen?‹ Sie nickt wieder. ›Warum?‹ Sie zuckt mit den Schultern. ›Was hat er denn gemacht, bevor Sie ihn erschossen haben?‹ Mrs. Flagg sagt kein Wort, aber die kleine Ruby Ramona ruft: ›Er hat sie mit ’nem Ahornstecken geschlagen.‹

›Euer Ehren‹, dröhnt Scatter, als würd er mit einem in Marysville reden, ›jeder hier weiß, was für ein gemeiner Hund Flagg war, wenn er gesoffen hat, und wie er die Dame jedes Mal verprügelt hat. Ich sag, sie hat aus Notwehr geschossen.‹

›In den Rücken?‹, fragt Billy Parker. Darauf wusste keiner ’ne Antwort und es sah aus, als würden die Flaggs zu ihrem Vater auch noch die Mutter verlieren. Also, ich hab mich so klein gefühlt, kleiner geht’s gar nicht, sag ich euch.

Und dann meldet sich jemand zu Wort, der schlau wie ein Fuchs und doppelt so frech ist, und sagt: ›Vielleicht war es wie in der *Ballade vom Klapperschlangen-Joe* und die Kugel ist wo dagegen geknallt, bevor sie Mr. Flagg von hinten getroffen hat.‹

Na, und dann erzählt sie die ganze Geschichte vom Klapperschlangen-Joe und wir hören alle zu und sagen: ›Alle Wetter!‹ und ›Na so was!‹ und ›Unglaublich!‹, bis der Deputy wieder mit seinem Schuh auf den Tisch haut und ruft: ›Unschuldig, zum Kuckuck. Und jetzt will ich ein Bier!‹«

Jimmy holte tief Luft und nahm einen großen Schluck von seinem kalt gewordenen Kaffee.

»Und es war Ihre Tochter, Missis, unsere kleine Schwester, die die arme Frau gerettet hat. Stolz sollten Sie auf das Mädel sein, richtig stolz.«

Mama sah mich wieder so an, als hätte sie mich noch nie gesehen, und ich wand mich vor Verlegenheit. Jimmy strahlte uns beide an und sein breites Lächeln blitzte vor Gold.

»Deine Goldzähne, Jimmy!«, rief ich. »Jetzt hast du sie ja endlich.«

»Jaha. Aus den größten Nuggets, die ich je droben in Willow Creek gefunden hab. Ein Doktor drüben in Sacramento hat sie zurechtgehämmert und eingebaut.« Wieder lächelte er und seine Zähne schimmerten im Zwielicht. »Und ich kann sie jederzeit rausholen und wieder reinstecken, wenn ich will.« Er zeigte es uns und wir sahen für einen Augenblick wieder den vertrauten zahnlosen Jimmy.

Mr. Flagg wurde am nächsten Tag begraben – »zu Bett gelegt«, wie Jimmy sagte, »mit Pickel und Schaufel«. Weil Bruder Clyde nicht da war, sagte Mr. Scatter ein paar Worte. Und ich rezitierte einige Zeilen, die ich vor langer Zeit in Massachusetts aus einem Gedicht von Sir Walter Scott auswendig gelernt hatte: »Er verließ die Berge, die Wälder verloren ihn.« Ich fand, es passte zu Mr. Flagg, dem Pelztierjäger, auch wenn er ein Trinker gewesen war.

Die Flagg-Jungens blieben in der Hütte jenseits des Flusses, aber Mrs. Flagg, Lizzie und Ruby Ramona zogen in ein Zimmer über dem Kaufladen und begannen für Mr. Scatter zu arbeiten. Es sah aus, als müsste ich meine Kuchen in Zukunft wieder alleine backen.

Als Lizzie mit der neuen Arbeit begonnen hatte, ging ich einmal hinüber in den Laden um sie zu sehen.

»Tut mir Leid, dass dein Pa tot ist«, sagte ich.

Lizzie zuckte mit den Schultern. »Er war 'n Dreckvieh.«

Weil ich wusste, wie sie über »Viehzeug« dachte, frage ich mich seitdem, ob es vielleicht sogar Lizzie gewesen war, die ihn erschossen hatte.

FÜNFZEHNTES KAPITEL
Herbst 1852

In dem die Männer von Lucky Diggins Mama den Hof machen und ich eingreife

Die Cholera suchte Kalifornien heim und die Menschen wurden krank und starben, bevor jemand sie überhaupt vermissen konnte. Weil so viele Menschen dahingerafft wurden, verschwanden ganze Städte wie Rocky Bar jenseits des Berges. Jimmy Schnurrbart sagte, dass der Weg von Skunk Valley nach Sacramento so dicht mit Gräbern besetzt sei, dass ein Frosch, der von Gedenktafel zu Gedenktafel springen würde, nie den Boden berühren müsste.

Lucky Diggins wurde ausgespart – keiner wurde krank, keiner starb. Bean Belly Thomson hörte irgendwo, dass man durch das Essen von Bohnen Cholera bekam, und so hörten die Leute eine Weile auf Bohnen zu essen. Aber allmählich vergaßen wir es oder hatten nichts anderes mehr zu essen oder vermissten einfach den Geschmack von Bohnen, die mit Schweinefett und Sirup gekocht waren, und begannen sie wieder zu essen, ohne dass jemand daran starb. Als es kühler wurde, kehrten wir wieder zum normalen Leben zurück.

Prairie und Sierra ernteten den letzten Mais und breiteten ihn in der Sonne zum Trocknen aus. Ich verbrachte jeden Morgen damit, Fleisch zu beschaffen, Bettwäsche zu kochen und Ähnliches; am Nachmittag schnitt ich Stoffstücke für Quilts aus, änderte meine Schürzen für Prairie und Prairies Kittel für Sierra und an den Abenden buk ich Kuchen. Während sie im

Rohr waren, saß ich mit Bernard zusammen und brachte ihm das Lesen bei, bis es zu dunkel wurde. Unsere Lieblingsbücher handelten von Lords und Ladys und Rittern – als wir die letzte Seite von *Das Schloss von Otranto* gelesen hatten, fingen wir am nächsten Tag wieder von vorne an –, aber wir lasen auch sonst alles, was wir in die Hände bekamen: Zeitungen, Reklameplakate, den Aushang vom Gericht, alles, was aus Worten bestand. Bernard hatte nicht viel Gelegenheit zu üben, weil wir beide zu gerne mich lesen hörten, aber allmählich wurden seine Kenntnisse doch ganz brauchbar. Und was ihm an Genauigkeit fehlte, machte er durch Eifer wett, wobei er am liebsten in *Das Beste von Shakespeare* las.

»Bernard«, fragte ich ihn eines Abends, nachdem er die Ansprache Marc Antons an die Römer vorgelesen hatte, »hast du dir schon mal überlegt, dass du Schauspieler werden könntest, wie die von der fahrenden Truppe drüben in Marysville?«

»Die Leute lassen mich vielleicht hier leben und essen und arbeiten, aber das heißt noch nich, dass ich alles tun kann, was ich will. Nie würden die mich auf 'ne Bühne lassen.«

Ich wurde rot und war froh, dass er es im Dunkeln nicht sehen konnte. »Tut mir Leid«, sagte ich.

»Warum? Du kannst doch nix dafür.«

»Es tut mir Leid, dass ich davon angefangen hab und dass ich so dumm war und nicht dran gedacht hab, wie das Leben für dich ist. Es tut mir Leid, dass man dich so behandelt.«

Bernard schwieg.

Mr. Scatter und Snoose McGrath fingen an, eine neue große Küche an die Herberge anzubauen, damit Mama für mehr Gäste kochen konnte. Mama und Mr. Scatter waren auf diese Weise jeden Tag zusammen und sprachen darüber, wie die Küche werden sollte und wie viele Wandborde sie brauchte. Und was hörte man da von Mr. Scatter? »Freilich, Sie haben

Recht, Madam. Wie ist eine hübsche kleine Person wie Sie nur auf so etwas gekommen?« Und: »Mrs. Whipple, ich lass den alten Snoose keinen Handgriff mehr machen, bevor ich nicht Ihren Rat eingeholt hab.«

Poker John Lewis kam aus Sacramento mit einem Sack voll Blumenzwiebeln zurück – gelbe Narzissen, rote Krokusse und Iris, »genau in der Farbe Ihrer Augen, Mrs. Whipple, Madam«. Mamas Gesicht strahlte wie die Sonne, als sie sie vor der Tür der neuen Küche einpflanzte. Dann verschwand der Gentleman für eine Woche. War er doch tatsächlich auf dem Dampfer *Hulda Mae* nach San Francisco gefahren und mit einem Wandbehang zurückgekehrt, auf dem »Home Sweet Home« in bunter Wolle gestickt stand und der mit Blumen und Bäumen aus menschlichem Haar geschmückt war. In der nächsten Woche tauchte Mr. Scatter mit einem echten Glasfenster für die Küche auf und fragte Mama: »Auf was, Mrs. Whipple, Madam, würden Sie gern schauen, während Ihre Bohnen kochen?«

Belle Scatter war hingegangen und hatte ihren Rechtsanwalt geheiratet – »'s gibt anscheinend für jeden Topf 'n Deckel«, sagte Mama mit einem Achselzucken dazu –, und jetzt beschäftigte mich das Thema Heiraten. Mir schien, dass Mamas Verehrer mehr als einen plötzlichen Anfall von Großzügigkeit und guten Manieren gegenüber einer armen verwitweten Frau an den Tag legten, und behielt sie deshalb genau im Auge. Zu viele Deckel in Lucky Diggins schienen nach Töpfen zu suchen.

Liebe Großmama und lieber Großpapa,

es ist Oktober und ich habe Geburtstag, aber es scheint, dass Mama alle Geschenke bekommt. Sie hat mir süße Honigpfannkuchen gebacken und wir feierten eine kleine Party. Lizzie und Ruby Ramona kamen und Mr. Scatter, Poker John Lewis, Beppie Parker, der Gentleman (der mir Stolz und Vorurteil *von Jane*

Austen aus San Francisco mitbrachte), Jimmy und Bernard, weil ich Geburtstag hatte und darauf bestand. Während die anderen tanzten, begann ich zu lesen und vergaß alles rings um mich, bis ich laute, ärgerliche Stimmen hörte, die den Klang der Fiedel des Gentleman übertönten. Ich hegte die Befürchtung, dass sie Bernard Schwierigkeiten machten, aber es schien, dass Mama sich zum Ausruhen auf das Ende des Diwans gesetzt hatte, den wir aus Mehlsäcken und einer roten Plüschdecke gebaut hatten, und dass Mr. Scatter und Poker John Lewis sich darum stritten, wer neben ihr sitzen dürfe. Der Gentleman legte seine Fiedel hin und versuchte sich den Platz auch zu erobern, und dann war die Hölle (Verzeihung) los.

Der Gentleman schrie Mr. Scatter an: »Ich gebe keinen Pfifferling drauf, dass Sie sich hier breit machen wie sonst was, jedenfalls will ich hier sitzen. Keinen Pfifferling. Keinen getrockneten Pfifferling. Nicht mal 'nen Sack voll Pfifferlinge!«

»Vagabund! Schurke! Raufbold!«, riefen wir und noch andere Ausdrücke, die ich euch wegen Mama nie schreiben oder sagen dürfte.

Plötzlich ergriff Mama so ruhig und entschieden das Wort, dass alle ihre Klappe hielten und zuhörten. »Schämt ihr euch nicht, dass ihr euch wie ungezogene Kinder benehmt? Hört mit diesem Krawall hier auf, sonst ertränk ich mich im Fluss.« Es war mucksmäuschenstill. »Jetzt hört mir mal gut zu. Ihr seid auf der falschen Fährte. Ich bin nicht drauf aus hofiert, verfolgt, umschmeichelt, angebetet oder sonst was zu werden. Und ich denke gar nicht daran, irgendwen zu heiraten. Keinen!«, sagte sie und sah dabei Mr. Scatter, den Gentleman und Poker John Lewis, der immer noch mit der Faust Mr. Scatters gestärkten weißen Kragen festhielt, mit festem Blick an.

Und so ist eure Tochter immer noch Witwe und das Leben geht weiter in Lucky Diggins, und ich bin vierzehn, fast schon erwach-

sen, obwohl ich für die meisten Leute hier immer noch die ›kleine Schwester‹ bin. Ich bin nicht mehr gut gepolstert, bin größer als Mama und meine blonden Haare sind jetzt fast braun. Am liebsten hätte ich zu meinem Geburtstag euch selbst gesehen, aber ich danke euch herzlich für die Bänder und den warmen Wollschal.

Im Spätherbst machten sich die meisten Gäste nach Süden oder Westen auf den Weg und wir fühlten uns in der Herberge mit ihrer großen neuen Küche ein wenig verloren. Der Gentleman lungerte im Haus herum und Mr. Scatter und Poker John Lewis kamen häufig vorbei. Ich gestand Prairie meine Sorgen über Mama und ihre Verehrer. »Mama sagt, dass sie nicht im Sinn hat irgendjemand zu heiraten, aber was ist, wenn sie ihre Meinung ändert? Und wenn der Gentleman oder Poker John Lewis ihr etwas so unglaublich Schönes versprechen, dass sie einfach nur Ja sagen kann?«

»Dann sagt sie eben Ja«, antwortete Prairie.

»Willst du, dass jemand an Pas Stelle schläft und isst? Und uns sagt, was wir tun sollen, als wär er unser Pa? Dass er Mamas ganze Zeit und Aufmerksamkeit in Anspruch nimmt und für uns nichts übrig bleibt?«

Sierra sagte: »Ich mag den Gentleman. Er wäre ein guter Pa.«

Und Prairie, die gerade Socken stopfte, fügte hinzu: »Jimmy Schnurrbart sagt, dass kraushaarige Männer fleißig sind und gute Ehemänner abgeben.«

»Verflixt und zugenäht! Verdammte elende Riesenschweinerei!«, sagte ich später zu mir selber. »Warum verstehen sie's bloß nicht. Wir müssen dafür sorgen, dass Mama allein bleibt, sonst verlieren wir sie.« Weil ich Butte nicht überreden konnte mir zu helfen, suchte ich dort Rat, wo ich immer nachsah – in einem Buch. Und ich fand ihn in einer alten Ballade über die Geliebte Clerk Sounders', die aus Trauer über seinen Tod sieben Jahre lang keine Schuhe und keine Socken trug und sich das Haar nicht kämmte.

»Das ist es!«, rief ich. »Oh, Mr. Scatter«, würde ich sagen, »Mama wollte es Ihnen nie selbst sagen, weil sie insgeheim einen heiligen Eid geschworen hat, aber sie hat sich entschlossen, sieben Jahre lang um meinen Pa zu trauern und in der Zeit keine Werbung und keinen Heiratsantrag anzunehmen. Sie trägt keine Handschuhe und keine Pelzmäntel, bis die sieben Jahre um sind.« Ich stellte mir vor, dass es stimmte, und Tränen über die unglücklichen Liebhaber füllten meine Augen. Manchmal ist es ganz praktisch sich solche Geschichten ausdenken zu können.

Ich erzählte es Mr. Scatter und Poker John Lewis und dem Gentleman und für alle Fälle auch Ripley Gurgins, von dem man wusste, dass er eine Frau suchte, der Mama aber bis jetzt eigentlich noch nicht nachstellte. Wahrscheinlich glaubten sie mir, denn sie kamen immer seltener vorbei.

Als es allmählich auf den Winter zuging und auch selbstlose Gottesmänner nicht mehr im Freien schlafen konnten, kehrte Bruder Claymore zurück und füllte das Haus mit seinem dröhnenden Gelächter. Sogar Mama begann zu lächeln und zurückzulachen. Eines Morgens sah ich ihn beim Kochherd sitzen.

»Was in aller Welt tun Sie denn da?«

»Ich nähe Vorhänge für das Küchenfenster deiner Mama.«

»Nähen? *Sie* können nähen?«

»Na ja, es ist wohl auch nichts anderes als Sockenstopfen. Man legt beide Enden zusammen und sticht durch. Ich hab ’ne Menge Socken gestopft. Und sie manchmal verflucht«, sagte er mit einem Lachen.

Da saß er und stichelte mit seinen riesigen Händen und einer winzigen Nadel in rosengemustertem Musselin herum, um Vorhänge für meine Mama zu nähen. Da schien also schon wieder jemand hinter Mama her zu sein und er hatte auch noch Gott auf seiner Seite. Ich überlegte, ob ich ihm die Clerk-Sounders-Geschichte erzählten sollte, aber ließ es dann bleiben. Ich konnte mir nicht vorstellen, dass er so leicht wie Ripley Gurgins auf so was hereinfallen würde, zumindest würde er Mama darauf ansprechen. Also verließ ich mich einfach darauf, dass Mama keine Lust zum Heiraten hatte. Aber Bruder Clydes große Hände und sein fröhliches Herz erinnerten mich an Pa und ich merkte, dass ich ihm zulächelte, als ich mich daranmachte den Frühstückskaffee zu kochen.

SECHZEHNTES KAPITEL
FRÜHLING / SOMMER 1853

In dem ein unheilvoller Wind weht

Auch in der Erinnerung erschien mir dieser Februar und März 1852 wie eine Eiszeit; der Schnee wollte nicht schmelzen, alles Grün gefror und alles Gefrorene war zu hart und zu glatt, um es anzufassen, aufzuhacken oder darauf zu laufen. Zelte brachen unter dem Gewicht des Schnees zusammen und die Goldgräber, die den Winter über geblieben waren, drängten sich in der Herberge und in den Saloons. Alles und jeder, der über Nacht draußen blieb, war am nächsten Morgen ein Eiszapfen. Mr. Scatter ließ Bernard im Kaufladen auf dem Boden schlafen, dafür musste er putzen und stapeln, ein- und auspacken, und Bruder Clydes Maultier Apostel zog in den Stall, den Bernard von Sweetheart geerbt hatte.

Ende Februar waren fast alle Nahrungsmittel aufgebraucht, wo wir doch im Winter sowieso schon von spärlichen Überresten leben mussten. Wir versuchten uns mit Kartoffeln, Gerstenbrühe und einer Art Brot durchzubringen, das aus Mehl und Wasser mit einem Tropfen Zuckersirup gemacht wurde, damit man die Mehlwürmer nicht schmeckte. Sogar Mr. Scatters Festtags-Rote-Bete wurden gegessen und Jimmy sagte, dass er zwanzig Dollar in Gold für eines dieser Blechsteaks geben würde, an die er jetzt reumütig zurückdachte. Ich befürchtete schon, dass es eines Tages nur noch Talgkerzen zu essen geben würde.

Rusty und der Gentleman gingen ein paar Mal jagen, kamen aber meist mit leeren Händen zurück. Einmal erschien Rusty ohne den Gentleman und wir alle fürchteten, er habe sich im Schnee verirrt. Viele Stunden später tauchte der Gentleman auf und zerrte einen toten Hirsch hinter sich her. Er meinte, er hätte ihn fast sechs Meilen durch den Schnee geschleppt. Während Rusty und Jimmy das Fleisch zerlegten, rieb Mama dem Gentleman die Füße mit Schnee ab, denn sie waren erfroren. Er tauchte sie in kaltes und dann in heißes Wasser; trotzdem waren seine Zehen leichenblass und taten ihm noch lange Zeit danach weh. Aber wir hatten eine Weile reichlich zu essen.

Ganz Lucky Diggins blieb zu Hause; die Tiere schliefen und träumten von grünen Weiden, Mama und wir nähten Quilts und strickten Socken und die Goldgräber vertrieben sich die Zeit mit Poker, Whist und Kegeln, wobei sie um die letzte eingesalzene Makrele kämpften. Unterdessen hielten sie ständig die Ohren offen, ob nicht eine Tragtierkolonne zu hören war. »Ich höre eine Maultierglocke«, rief irgendjemand und schon rannte jeder, der es mitbekam, zur Tür und hielt Ausschau. Aber sie sahen nur dichtes Schneetreiben und das hieß, dass die Wege nicht frei und die Pässe nicht befahrbar waren und dass heute weder Butter noch Eier noch Whisky nach Lucky Diggins kommen würden.

Die Leute hielten sich bei Laune, so gut sie konnten. Ich hatte meine Bücher, die ich mit Prairie, Sierra und Jimmy zusammen als Theaterstücke spielte, bis keiner mehr Lust hatte zuzuschauen. Mama und Bruder Clyde redeten über Gott und die Welt, stritten über Arzneien für wunde Füße und tanzten, während der Gentleman dazu seine Fiedel spielte und sagte, wir sollten uns vorstellen, er sei ein ganzes Orchester und der Kochofen eine Palme im Topf.

Eines Tages, als ich mit einem Pfannkuchen auf dem Kopf dasaß, der meine Kopfschmerzen lindern sollte (ein altes Heilmittel von Oma Whipple), packte Bruder Clyde Prairie und

Sierra in alle Kleider ein, die sie auftreiben konnten, und nahm sie mit hinaus um Schneeflocken zu zählen. Als sie mit kalten und roten Nasen wieder zurückkamen, sagte Clyde: »Als wir fast fertig waren mit Zählen, kam ein Schneetreiben von Westen her und hat alles wieder durcheinander gewirbelt, was wir schon gezählt hatten.« Prairie schneuzte sich nur und wischte sich den Dampf von ihren Brillengläsern, aber Mama lachte und strahlte Clyde an, als wäre sie eine Hündin und er ihr einziges Junges.

Obwohl die meisten Bewohner von Lucky Diggins aus den alten Staaten kamen und unter langen, bitterkalten Wintern gelitten hatten, hatten wir den Winter hier satt, denn Kalifornien hatte sonst kein so raues Klima. Ich konnte die Leidenschaft von Prairie verstehen, die sich von Zeit zu Zeit hinausstahl zu ihrem Garten und Schnee und Eis wegkratzte, um die Erde zu fühlen und zu riechen und zwischen den Fingern zu zerbröseln.

Dann kam wie immer das Tauwetter. Der Schnee wurde zu Matsch und der Fluss zu einer Masse dunkel schäumender Wellen. Sogar die Sonne kam ab und zu heraus, um uns mit Frühlingsahnungen zu necken.

Eines Tages zog ich Buttes alte Gummmistiefel an und ging hinaus. Zum ersten Mal seit Weihnachten hatte es nicht geschneit. Der Schlamm war geschmolzen und die Straßen (von denen Lucky Diggins inzwischen zwei hatte) kamen zum Vorschein. Sie waren übersät mit Kieshaufen, leeren Flaschen, Austerndosen, Sardinenbüchsen, kaputten Kesseln und rostigen Werkzeugen. Ich sah auf, als eine Schar Ringeltauben, voll Glück den blassen Sonnenschein zu sehen, über die Stadt dahinschoss, nur um in ein wildes Pistolen- und Gewehrfeuer zu geraten. Obwohl es mir um die zarten toten Vögel Leid tat, freute ich mich über die Ragouts und Suppen und Taubenpasteten, die wir aus ihnen machten.

Ende April erwachte Lucky Diggins wieder zum Leben. Der Schnee war nur noch eine schlimme Erinnerung, die Tage waren warm und trocken und die Pässe würden bald wieder befahrbar sein.

Aus Mamas Krokus- und Narzissenzwiebeln wagten sich hellgrüne Blattspitzen hervor und versprachen reiches Blühen, wenn die Leute nur Geduld hatten. Bruder Clyde zog wieder zum Predigen aus, eine Dose von Mamas Fußcreme in seinem Sack, und ein ganzer Haufen neuer Herbergsgäste quartierte sich ein.

Der Mai und der Juni waren sommerlich heiß und still. Die Stadt drohte von Gras und wilden Beeren überwuchert zu werden und Blumen erschienen mitten auf den Straßen und Wegen und in den von den Goldgräbern aufgegebenen Erdlöchern, ja sogar auf den Haufen Maultiermist, die in der Sonne dampften. Ich genoss die warme Luft nach der Winterkälte so sehr, dass ich meistens draußen aß, das Gesicht in der Sonne, und versuchte wieder ein bisschen dicker zu werden. Doch als es weiter so heiß blieb, begann ich mir Sorgen zu machen. Wenn der Frühling schon so war, wie würde dann erst der August sein?

Aus der warmen Brise wurde ein heißer Wind und an Draußenessen war nicht mehr zu denken. Wir hatten Staub im Essen, in den Augen und im Mund. Meine Lippen und Hände sprangen auf, denn der heiße Wind entzog mir alle Feuchtigkeit.

Eines Morgens wurde dieser heiße Wind noch heftiger; er blies, als käme er direkt aus der Hölle, und dörrte unsere Gesichter, Nasen und Kehlen aus. Zweige und trockene Blätter wurden durch die Luft gepeitscht, mehrere Zelte niedergerissen und der Zylinder des Gentlemans flog in die Höhe, die Straße hinunter, über den Fluss und entschwand vor unseren Blicken, während der Gentleman fluchend hinterher stolperte.

Einige Zeit später kam er barhäuptig und schlecht gelaunt zurück.

Prairie und Sierra glühten und waren unruhig, und so setzte ich mich mit ihnen unter einen Baum und versuchte aus der *Ballade vom alten Seemann* von Coleridge eine für Kinder passende Geschichte zu machen.

»Die Geschichte gefällt mir nicht«, sagte Sierra. »Erzähl mir was von Pa.«

»Nun«, sagte ich, »Pa war der magerste Mann, den ich je gesehen habe, und hatte rote Haare und ein kräftiges Lachen ...«

»Doch nicht das, Lucy. Das sagst du immer. Erzähl mir etwas anderes über ihn. Hatte er große oder kleine Ohren? Hatte er Sommersprossen? Waren noch alle seine Zähne da? Hast du ihn mal weinen gesehen?«

Ich schob Sierra grob von meinem Schoß, stand auf und schüttelte meinen Rock, um mir etwas Kühlung zu schaffen.

»Womit hab ich Lucy denn geärgert?«, fragte Sierra.

Prairie sah von ihrer Näharbeit auf und sagte ruhig: »Ich glaub, sie erinnert sich nicht dran.«

»Natürlich erinnere ich mich«, sagte ich und brachte die Mädchen zurück ins Haus, damit sich Mama eine Weile mit ihnen beschäftigen konnte.

Plötzlich wurde der Himmel dunkel und der Wind toste so laut, dass es sich wie Donner anhörte; er fuhr unter die Zelte, durch die Ritzen in den Hütten, heulte um Fenster und Türen. Irgendetwas stimmte nicht. Ich spürte es in jedem Nerv. Minuten später hörte ich die ersten Schreie: »Feuer! Feuer! Es brennt in der Stadt!«

Jimmy sagte später, dass es in Billy Parkers Gasthaus begonnen hatte, wo eine Laterne umfiel und die Leinwand des Küchenzeltes in Brand setzte. Von dort aus wurde es vom Wind zum Zelt des Schmiedes getragen, dann zum Kaufladen, zum

Saloon und in die ganze übrige Stadt. Zelte, Hütten und Bäume loderten auf. Die Reihen der hölzernen Bauten an den Straßen brannten sofort. Ihre Skelette standen eine Weile glühend rot da, bevor sie in sich zusammensanken.

Der Wind trug das Feuer durch die westliche Seite der Schlucht, sodass die meisten Leute nach Osten über den Fluss und unter Bäume flüchteten. Wir nahmen mit, was wir gerade erwischen konnten. Mama hatte ihre Kaffeemühle und ein Bild von Pa ergriffen, Milly ihren Blumenhut und eine Flasche Parfüm. Jimmy Schnurrbart hielt seinen Blechteller mit dem Frühstück immer noch in der Hand und Mr. Scatter seinen Kanarienvogel. Ich rettete natürlich meinen Gurkentopf und das erste Buch, das mir in die Hand fiel. Prairie umklammerte eine Flöte, die Butte für sie geschnitzt hatte. Bernard konnte keines seiner Besitztümer mitnehmen, weil er Sierra trug.

Die Luft war erstickend heiß, der Himmel dunkel von Rauch und die Sonne blutrot. Es war, als wäre der *Alte Seemann* zum Leben erwacht. Mit Asche und Ruß bedeckt standen wir im Schutz der Bäume da und sahen zu, wie das Feuer alles fraß, was es berührte, lauter heulend als eine Dampflokomotive. Nach Mr. Scatters Taschenuhr brauchte die Stadt dreiunddreißig Minuten um niederzubrennen. Wenig länger brauchte das Feuer, um die Zelte am Fluss zu erreichen und dann die Schlucht in die Wälder hinaufzurasen und Lucky Diggins mit ohrenbetäubendem Brausen hinter sich zu lassen. Aber es dauerte noch viele Stunden, bevor wir uns sicher genug fühlten zurückzuschleichen, um nachzusehen, was übrig war. Alle hofften wir aus tiefstem Herzen, dass es nicht so schlimm war, wie wir fürchteten.

Aber es war so schlimm. Eine Wand von Mr. Scatters Saloon und ein Morgen aschebedecktes Land. Alles andere war weg. Die Saloons, der Kaufladen, die Schmiede waren abgebrannt.

Die Herberge und alle meine Bücher außer dem einen, das ich gerettet hatte. Die Stadt war verschwunden.

Wir versammelten uns vor der übrig gebliebenen Wand des Saloons. Er war viel mehr gewesen als ein Treffpunkt für die durstigen Bewohner von Lucky Diggins; er hatte als Postamt gedient, als Spielhölle, Tanzsaal, als Mietstall, Gerichtssaal und Kirche, als Prüfamt für Gold, als Gemeinschaftsraum und bei vielen Gelegenheiten auch als zusätzlicher Schlafplatz. Seine verkohlte Wand war das einzig Vertraute, was in der Stadt geblieben war, und wie betäubt und am Boden zerstört lehnten wir uns daran, als könne sie uns trösten. Mr. Scatter war da mit seinem Kanarienvogel, Mama und Prairie und Sierra und ich; Bernard Freeman; Mrs. Flagg mit Lizzie und Ruby Ramona; Milly vom Saloon; Amos Frogge, der Schmied; Snoose McGrath, der alle Arten von Aushilfsarbeiten machte; Poker John Lewis vom anderen Saloon; Billy und Beppie Parker vom Gasthaus; King Luke, dem das Lebensmittelgeschäft gehört hatte; Ripley Gurgins und seine hosentragende und pfeiferauchende Tochter Nessa, die in Owl Creek Gold suchten; Jimmy Schnurrbart; der Gentleman; ein paar andere Goldgräber, die das Feuer in der Stadt überrascht hatte, und außerdem drei verängstigte Maultiere.

Was sollten wir jetzt tun?

»Die Stadt ist hin«, sagte Amos Frogge.

»Damit ist's vorbei«, stimmte der Gentleman zu.

»Nichts mehr da.«

»Völlig ruiniert.«

»Kaputt.«

Mutlosigkeit und Hoffnungslosigkeit lagen so schwer auf uns, dass ich sie fast durch den Gestank der verkohlten Trümmer, der Asche und der angebrannten Bäume riechen konnte. Ich dachte, jetzt wäre vielleicht eine gute Gelegenheit, über die

Heimkehr nach Massachusetts zu reden, aber ein Blick in Mamas Gesicht und ich hielt den Mund.

Lizzie war so verzweifelt, dass ich sie sogar in den Arm nehmen durfte. Prairie stand einfach stumm da, die Hand in den Mund gesteckt, während Mama versuchte Sierra zu beruhigen, die wie Espenlaub zitterte und heulte vor Schrecken über das Ungeheuer, als wäre das Feuer ein brüllender roter Drache, der Lucky Diggins verschlungen hatte. Mama sah immer wieder zu den brennenden Berghängen auf und murmelte etwas von Bruder Clyde vor sich hin, der dort oben unterwegs war. Und ich? Ich fühlte mich, als hätten mich alle Lebensgeister verlassen. Lucky Diggins bedeutete mir nicht viel, aber bis ich nach Massachusetts zurückkonnte, war es eine Art Zuhause und alle Sicherheit und aller Schutz, die ich hatte. Und jetzt war nichts mehr davon übrig. Alles war zerstört und wir waren in der Wildnis gestrandet mit nichts außer ein bisschen unwichtigem Kram und den Kleidern, die wir auf dem Leib trugen.

Ich weinte nicht, ich saß nur mit tränenleeren Augen da und starrte in die Asche, bis ich Billy Parker mit rotem Gesicht und flackernden Augen Bernard anschreien hörte: »Seit du hierher gekommen bist, Kerl, haben wir nur Pech gehabt. Kein Gold mehr, schlechtes Wetter und jetzt noch das Feuer. Wahrscheinlich bist du ’n Jonas, der nur Unglück über uns bringt.«

King Luke und Poker John Lewis bauten sich murmelnd und fluchend neben ihm auf und mir wurde angst und bange. »Mama?«

»Nur ruhig, Miss Lucy«, sagte Bernard. »Worte tun keinem weh, wenn’s bloß Worte bleiben.« Darauf wollte Bernard weggehen, aber Billy trat ihm in den Weg.

Mama ging zu Billy und packte ihn bei seinen roten Hosenträgern. »Haben wir nicht schon genug Sorgen mit dem Wetter, dem Wind und dem Feuer?«, fragte Mama. »Habt ihr nichts

Besseres zu tun, als gegen einen jungen Kerl zu hetzen wegen Sachen, für die er nichts kann? Billy, bei Ihnen hat doch das Feuer angefangen. Aber niemand macht Ihnen einen Vorwurf. Gehen Sie mit John und King los und schauen Sie, wo Sie sich nützlich machen können, anstatt hier Stunk zu verbreiten. Gehen Sie. Und Ruhe jetzt!« Zu meiner Verwunderung gingen die Männer.

»Das war aber tapfer, Mama«, sagte ich. Bernard nickte zustimmend und räumte ebenfalls das Feld.

»Nicht besonders«, sagte Mama. »Diese Rohlinge haben ja nicht mal so viel Mut wie die Hasen, wenn sie nicht besoffen sind.«

»Warum hast du Bernard einen jungen Kerl genannt? Ist er denn nicht alt?«

»Wenig älter als du, Mädchen. Hast du das denn nie bemerkt?«

»Vielleicht sieht er wegen seines Bartes so alt aus«, sagte ich, »oder wegen seines traurigen Gesichts.« Ich war ein bisschen beschämt, dass ich Bernard nie wirklich als Person betrachtet hatte, sondern eher als ein Spielzeug, etwas, was ich oben beim Ranger Creek gefunden, mit dem Namen meines Vaters benannt und nach Hause gebracht hatte, um mir damit die Zeit zu vertreiben.

Während die Männer von Lucky Diggins herumstanden und stritten, was als Nächstes zu tun sei, machten wir Frauen uns daran, so viel Äste und Reisig wie möglich zu sammeln, um Lager bauen zu können. Was die Männer auch beschlossen hatten, wir würden erst mal nicht weggehen. Das Feuer hatte den Weg nach Lucky Diggins zu einem Gewirr von Strünken, halb verbrannten Ästen und Asche gemacht. Da konnte niemand so bald durchkommen.

»Wie alt bist du, Bernard?«, fragte ich später, als wir nach

Nüssen, Samen und Frühlingskräutern suchten, die das Feuer verschont hatte und die erst mal unseren Hunger stillen sollten.

»Das weiß ich nich genau, Fräuleinchen. Ich bin noch nich zwanzig, das weiß ich. Mister Sawyer hat alle seine Sklaven verprügelt, wenn sie zwanzig wurden, damit sie nich auf die Idee kommen, sie wär'n erwachsen und unabhängig. Und mir hat er diese Prügel noch nich gegeben.«

»Du siehst älter aus. Richtig alt eigentlich.«

»Mister Sawyer sucht nach einem jungen weggelaufenen Sklaven. Besser, ich schau alt aus. Hab noch genug Zeit jung zu sein, wenn ich frei bin.«

»Bernard, ich hab mir gedacht …« Ich schaute zu Boden und biss mir auf die Unterlippe. »Ich hab mir gedacht, vielleicht war's nicht richtig von mir, dir einen Namen zu geben wie einer Puppe oder einem Hund oder so was. Du bist ein Mann – vielleicht solltest du dir deinen Namen selber aussuchen.«

»Stimmt, Fräuleinchen. Stimmt. Und ich such mir den Namen aus, den mir eine Freundin angeboten hat. Bernard. Ich bin stolz, dass ich ihn hab.«

»Mister Sawyer kommt bestimmt nie auf die Idee, nach einem alten Mann namens Bernard zu suchen. Ich glaub, hier bist du wirklich in Sicherheit.«

»Ich hoff, Sie haben Recht, Miss Lucy.«

Ich lächelte. »Einfach Lucy.«

»Ich hoffe, sie haben Recht, einfach Lucy.« Und Bernard lächelte, endlich lächelte er. Da sah er gleich viel jünger aus.

Am Abend war es kühl und gespenstisch; aus der Asche stieg noch Rauch mit schrecklichem Gestank auf und schreckliche Stille hatte sich ausgebreitet an diesem Ort ohne Vögel oder Eichhörnchen oder Salamander, ohne Grillen, Bienen oder Grashüpfer, einem toten Ort. Wir mischten alles Essbare, das wir gefunden hatten, zu einer Art Eintopf zusammen und versuchten es zu uns zu nehmen. Es schmeckte wie Asche. Und dann, als es gerade dunkel wurde, sah man plötzlich in der ganzen Schlucht aus allen Hügeln und Bergen, die das Feuer verschont hatte, Licht herabfließen. Die flackernden, schimmernden Rinnsale flossen an einem Punkt oberhalb der Schlucht zusammen und bewegten sich dann auf die ausgebrannte Stadt zu. Wir beobachteten schweigend das Schauspiel, neugierig und voller Angst.

Der leuchtende Fluss kam immer näher und wir sahen, dass er aus Laternen und Fackeln und kleinen brennenden Kiefernästen bestand, die von zottelhaarigen, schmutzigen, bärtigen Männern in Flanellhemden und zerrissenen Hosen getragen wurden, Männern, die beladen waren mit Decken, Werkzeugen und Matten, Zwiebeln, Kaffee und Bohnen. Es waren Goldgräber aus den Bergen, die Rauch und Flammen gesehen hatten und gekommen waren, um uns zu helfen; sie stolperten die weglosen Berge herab und waren bereit, das Wenige, was sie besaßen, mit uns zu teilen.

Sie legten ihre Bündel nieder und reckten sich. Ein paar der Kräftigsten zogen ihre Hemden aus und begannen versengte Bäume in Scheite zu hacken. Andere schaufelten Asche weg, während sich ein paar daranmachten Zelte aus Zweigen und Ästen zu bauen und Decken darüber zu werfen. Zunächst standen wir nur staunend da. Dann sagte Jimmy: »Gold ist anscheinend nicht das Einzige, was Wert hat in Kalifornien«, und er begann ihnen zu helfen. Schließlich machten wir uns alle an die Arbeit.

Im schwindenden Licht sah ich eine Bewegung in der Nähe des Flusses. »Ma«, brüllte ich. »Da unten ist was!«

Amos Frogge kam herbei und rief: »Ein Fremder kommt. Ein Indianer.«

Ich beobachtete den Fremden, wie er immer näher kam, umgeben von Rauch und Zwielicht wie ein Zauberer oder ein böser Geist. Was für ein Unheil mochte das nun wieder bedeuten? Milly versteckte Prairie und Sierra hinter sich. Poker John Lewis sagte mit hässlich verzerrtem Gesicht: »Legt ihn um«, und ein paar Goldgräber zogen ihre Pistolen. Wir warteten.

Der Indianer war splitternackt bis auf eine Art Lederschurz. Er roch nach Bärenfett und Kiefernnadeln. Langsam ging er auf den Gentleman zu und begann einen leisen, sanften und beschwörenden Singsang. Plötzlich zog er hinter seinem Rücken einen hohen Seidenhut hervor, der nass und schmutzig und ein bisschen verbeult war; aber er war's – der Hut des Gentleman war wieder da. Der Gentleman setzte ihn sich auf den Kopf, klopfte dem Indianer auf den Rücken und lachte das einzige Lachen, das an diesem Tag in Lucky Diggins erklang.

Im Licht der immer noch brennenden Baumwipfel versuchte ich zu sehen, welches Buch ich aus dem Feuer gerettet hatte. Es war das *Erbauungsbuch für junge Christen.*

Da weinte ich.

Mama, Prairie, Sierra und ich verbrachten die Nacht aneinander geschmiegt und wärmten uns an der letzten Glut unserer verlorenen Besitztümer. Am Morgen stocherten wir in der rauchenden Asche nach Überresten. Es gab Stellen, an denen die Asche kniehoch lag und zu heiß war um hineinzufassen. Aber Prairie gelang es ein paar Löffel, die nicht zu Blechklumpen zusammengeschmolzen waren, einige Töpfe und Mamas Kochherd aufzuspüren, der wohlbehalten in ganzer Pracht dastand. Amos Frogge entdeckte seine Werkzeuge, deren hölzerne Griffe aber verbrannt waren. Mrs. Flagg und Lizzie fanden ein paar gesprungene und rußgeschwärzte Krüge und ich grub den versengten Metallrahmen des »Home Sweet Home«-Wandbehangs aus. Ein paar Flaschen aus dem Saloon waren nicht zerbrochen und in der Asche des Kaufladens fanden sich ein oder zwei Fässer Pökelfleisch. Immer, wenn jemand etwas gut Erhaltenes, Ganzes oder noch zu Gebrauchendes fand, verkündete er es lauthals und alle beglückwünschten ihn.

Versengte Papierstückchen hatten sich wie Schneeflocken auf Aschehaufen und verkohlten Baumstümpfen niedergelassen. Es waren die Überreste meiner Bücher. Hie und da war noch ein Satz lesbar: »Freitag: Ja, mein Volk essen Mensch …« »Und dann stieg ich die Strickleiter hinunter und war mit Weib und Kindern vereint …« »Ihr scherzt, Herr Ritter …« und »… mein Herz bricht, wenn ich an Torquilstone denke«. Ich sammelte die Fetzen und ließ sie dann, weil ich nicht wusste, was ich mit ihnen anfangen sollte, mit dem Wind davonfliegen.

Mama siebte sorgfältig die Überreste der Herberge durch, um nach irgendetwas zu suchen, was Butte gehört hatte. »Jetzt ist er wohl wirklich nicht mehr da«, sagte sie zu Prairie und mir. »Nicht mal ein Schuh oder ein Hemd, die mich an ihn erinnern könnten.« Mama begann zu weinen, und da erlaubte Prairie ihr auf Buttes Flöte zu spielen. Da weinten wir alle und dachten an Butte droben im Himmel, der seine Familie sah, wie sie auf den Trümmern ihres Zuhauses stand und zur Erinnerung an ihn Flöte spielte.

SIEBZEHNTES KAPITEL
SOMMER 1853

In dem Lucky Diggins am Ende ist

Ich hatte nie zuvor und habe nie mehr seitdem einen Ort erlebt, der so totenstill war. Nicht nur die Vögel, die Frösche und die Grillen fehlten. Es gab keine Bäume mehr, in denen der Wind rauschen konnte, keine Schaukelstühle, die knarzten, keine Hammerschläge, kein Singen, kein Rufen, kein Lachen. Auch wenn ein Mensch mit einem Maultier mühselig und mit viel Zeitaufwand Lucky Diggins über den Pass hätte verlassen können, so konnte doch kein Wagen und keine Versorgungskolonne hereinkommen. Wir waren gestrandet und saßen auf der Asche all dessen, was wir zum Überleben brauchten. Immer wieder wollte ich nach etwas greifen – nach Haarnadeln, einer sauberen Schürze oder Ivanhoe – und merkte, dass es in Rauch und Asche aufgegangen war und dass wir hier draußen in der Wildnis saßen und nicht das Geringste mehr hatten. Und dann weinte ich.

Ich trauerte vor allem um die Dinge, die mich an verstorbene Menschen erinnerten: an Oma Whipples Hühnerkorb, in dem ich die Kuchen herumgetragen hatte, Buttes Gummistiefel, eine Zeichnung von Großpapa und Rocky Flat, Pas alten Strohhut, den Mama manchmal in der Sonne trug. Jetzt, wo diese Dinge nicht mehr da waren, hatte ich nur noch meine Erinnerung. Letztlich leben die Verstorbenen wohl immer in unserer Erinnerung, aber ich hätte ein Dutzend Eier und einen Schokoladenkuchen hergegeben für Pas schmuddeligen alten Strohhut.

Jimmys Maultier Arabella rieb sich immer wieder an der

Wand des Saloons, die Ohren nach vorne geklappt und die Augen weit offen. Das war das Zeichen, dass es bald regnen würde. Mama, Milly, Mrs. Flagg, Lizzie, Ruby Ramona und ich holten die Stofffetzen und Decken, die Nadeln und den Faden, die uns die freundlichen Goldgräber gebracht hatten, und machten Capes und Mäntel und aus einigen Zelte. Jimmy sagte, es sei zu schade, dass sein Sonntagshemd verbrannt sei, denn daraus hätte man ein Zelt für unsere ganze Familie machen können, in dem noch Platz wäre für ein Gartenspielzimmer und ein Klosett.

Snoose und Jimmy mussten behelfsmäßige Unterkünfte aus allem bauen, was nicht verbrannt war. Bernard, Prairie und Sierra sammelten Reisig, Kräuter und Nüsse. Amos schmiedete Nägel aus Töpfen, die im Feuer zusammengeschmolzen waren, und der Gentleman versuchte aus Holzteilen und Fasern, die er fand, eine Art Fiedel zrechtzubasteln. Es war, als liefen wir alle auf einem großen Volksfest herum, gemeinsam damit beschäftigt, warm und trocken zu bleiben und etwas zu essen zu haben, aber ohne das Lächeln und die leckeren Sachen und das Sackhüpfen.

Mitte Juni begann es zu regnen, doch bis dahin hatte jeder einen Unterschlupf – es war ein Gewirr aus Hütten und Schuppen, unbemalten Bretterverschlägen und Zelten aus Leinwand, Decken, Reisig, Kartoffelsäcken und alten Hemden. Es sah sehr ähnlich aus wie das Lucky Diggins, auf das ich vor Jahren vom Berg heruntergeschaut hatte, aber kleiner, schmutziger, ärmlicher und ganz bestimmt nicht schöner.

Schneeschuh war zusammen mit Hennit und seinen Leuten durch das Feuer eingeschlossen gewesen. Eines Tages tauchte er mit Eichelmehl und wilden Kräutern von den Indianern auf und die Flagg-Jungens brachten von Zeit zu Zeit etwas Fleisch. Wir hatten genug zu essen, aber der Kaninchen-Eichel-Eintopf, die Wildknochensuppe und Grizzlyfleisch mit Bohnen hingen mir bald zum Hals heraus. Manchmal legte ich mich auf den Boden, schaute zur Sonne auf und erfand Reime über gute Sachen zum Essen, die ich eine Ewigkeit nicht mehr gesehen hatte und wahrscheinlich auch lange nicht mehr sehen würde: »Tomaten, Mais und Rüben, Austernragout und Butter; Zitronen, Milch und Kürbiskuchen wär ein gutes Futter.« Es machte mir den Mund wässrig und mein Magen knurrte vor Lust und Schmerz.

Wir glaubten, dass bald eine Tragtierkolonne oder Ähnliches sich einen Weg durch die verkohlten Überreste der Wälder bahnen und nach Lucky Diggins kommen würde. Dann hätten wir wieder etwas Richtiges zu essen und könnten uns Töpfe und Pfannen, Eimer, Leintücher, Hafer, Weizen und getrocknete Äpfel beschaffen. Es war schon merkwürdig, wie schnell das bisschen, was wir hier in Lucky Diggins gehabt hatten, uns als Luxus erschien.

Aber wir würden Geld brauchen, wenn die Kolonne kam. Widerstrebend gab ich Mama die Hälfte meines Massachusetts-Geldes und vergrub die andere Hälfte in der Nähe des verkohlten Baumstumpfs. Mama und ich sammelten Gänsefuß, Pflaumen und Eicheln, um sie gegen Fleisch und Mehl einzutauschen. Prairie und Sierra siebten die Asche der Stadt durch auf der Suche nach Goldstaub und Nuggets. Abends buken wir Brötchen aus Eichelmehl und teigige kleine Holzapfelkuchen, die wir an die Goldgräber verkaufen wollten. Dann schliefen wir ein paar Stunden auf kratzigem Reisig und Ästen und träumten von den Dingen, die wir nicht mehr hatten, von Haarbürsten und Seife, von Gabeln, Körben und Tischtüchern, von Bändern und Putz auf Kappen und Hüten, von Flanell, Baumwolle, Wolle und Federbetten. Und von Büchern, sauberem Papier und Schreibfedern.

Die Tage waren jetzt länger, was alles leichter machte, denn im Dunkeln sahen die Überreste der Stadt als Silhouette gegen den Mond so geisterhaft aus. Bei Tag war der Geruch nach Verkohltem und Asche schlimm genug, aber bei Nacht stank es wie im Höllenschlund, gespenstisch und übel.

Eines Morgens schwamm alles in Matsch und durchweichter Asche. Die versengten Berge waren kahl wie ein Babypopo, sagte Jimmy, und weil keine Bäume und Büsche da waren, um der Erde Halt zu geben, war sie in die Schlucht gerutscht. Das Wetter blieb kühl und bedeckt und viele von uns husteten die ganze Nacht in der feuchten Luft. Der Gentleman sagte, das Rheuma hätte ihn erwischt, weil er so oft bis zu seinen Unaussprechlichen in eisigem Wasser gestanden habe. Jetzt saß er meist brütend da und kratzte auf seiner selbst gemachten Fiedel herum.

Die Stadt war verschwunden, das Wild war weg und die Goldgräber merkten, dass selbst die entfernteren Schürfstellen ausgebeutet waren, und so zogen viele von ihnen in die Berge. Andere begannen in die sandigen Flussufer Tunnels zu graben, die man Coyote-Höhlen nannte; einige wurden dabei verschüttet und die anderen wollten das Risiko nicht eingehen. Man redete davon, Gold aus den Felsen zu brechen, aber dazu hatten die Goldgräber nicht die nötigen Werkzeuge. Eine düstere Stimmung hing in der Luft.

Schließlich kam wirklich der Sommer. An einem furchtbar heißen Tag, als ich am Flussufer saß und mit den Füßen im lauen Rinnsal baumelte, kam Schneeschuh-Ballou daher, und seine großen Füße wirbelten den Staub auf wie ein Unheil bringender Wind. Ich fürchtete noch mehr schlechte Nachrichten.

»Ich sag auf Wiedersehn, kleine Schwester. Ziehe weiter.« Er tippte an seinen Hut und wandte sich zum Gehen.

»Warte, Schneeschuh. Warte. Wohin gehst du und warum gehst du?«

Zwei Fragen auf einmal – es sah einen Augenblick so aus, als wäre es zu viel für Schneeschuh, aber schließlich schluckte er und antwortete. »Weiter rein in die Berge. Ich und Hennit und seine Leute. Hier sind jetzt zu viele. Alle Fische gefangen, alles Wild tot, die Flüsse gestaut, die Bäume gefällt, die Eicheln zerschlagen und dann alles verbrannt. Die Indianer können hier nich mehr leben und ich auch nich.« Er sah zu den Wäldern auf. »Schlimm. So'n schönes Land war's mal, bevor man's zu Tode gefischt und abgeholzt und gegraben hat. Ich und Hennit, wir müssen weg. Dort rauf, wo's mehr Wild und weniger Leute gibt.«

Nach dieser längsten Rede seines Lebens tippte er wieder an seinen Hut und ging. Ich sah ihm nach, wie er den Weg durch die Schlucht zum Wald hinaufkletterte, wo er sich mit einer Gruppe Indianer traf, die Häutebündel und Babys auf den Rücken gebunden hatten. Ich winkte, bis ich sie nicht mehr sehen konnte.

Beim Nachhausegehen flüsterte ich: »Viele kennen, wenigen trauen, immer der eigenen Nase nach.« Das war es, was Schneeschuh wollte – der eigenen Nase nachgehen. Ich hoffte, es würde ihm gelingen.

Eines Tages sagte Bernard: »Hab Mister Scatter geholfen in der Asche von seinem Laden zu wühlen, und da hab ich in 'nem Krug das Papier hier gefunden. 's is ne Seite von 'ner Zeitung aus den alten Staaten. Schau, hier steht, 's gibt farbige Männer in San Francisco, die ihre eigenen Wäschereien, Gasthäuser, Läden, Herbergen haben. Die helfen den andern Farbigen, sogar den Sklaven. Haben Treffpunkte und 'ne Bücherei und alles. Glaubst du, 's stimmt?«

»Ich glaub schon, wenn's in der Zeitung steht.«

»Vielleicht sollt ich nach San Francisco gehn und schaun, ob sie mir helfen können frei zu werden, damit ich mich nich mehr vor Mister Sawyer verstecken muss. Das isses, was ich wirklich will: richtig frei sein.«

»Dann hast du also auch einen Herzenswunsch.«

»Ja, hab ich wohl.« Er verneigte sich. »Lebt wohl, Lady Isabella.«

Ich knickste langsam und anmutig, fast wie eine richtige Lady. »Gott mich Euch, Prinz Alfonso. Ich hoffe, Euch ist mehr Glück beschieden mit Eurem Herzenswunsch als mir mit meinem.«

Eine Woche später war Bernard Freeman fort. Ich wusste natürlich, dass es mir lieber war, wenn er in San Francisco in Freiheit lebte anstatt hier als Sklave in Lucky Diggins, aber er hinterließ eine große Lücke in meinem Leben.

»Lucy, komm, setz dich einen Augenblick her. Ich möcht mit dir sprechen«, sagte Mama am Tag, nachdem Bernard gegangen war.

Sie saß auf unserem Reisigbett und wies auf den Platz neben sich.

Mama saß mitten an einem Dienstagnachmittag da? Wo wir doch das Abendessen machen mussten? »Mama, du bist doch nicht krank?«

Mama lachte. »Nein, Kind. Ganz im Gegenteil. Es geht mir ausgezeichnet.« Ich sah sie mir genauer an. Sie sah quicklebendig aus mit rosa Wangen und strahlenden Augen, das Haar locker im Nacken zusammengebunden. »Ich möchte nur mit dir reden.«

»Was hab ich denn schon wieder vergessen?«

»Nichts, Lucy. Es ist nur ...« Mama holte tief Luft und fuhr fort. »Wir sehen schon seit einer ganzen Weile, dass Lucky Diggins stirbt. Die Leute ziehn weiter, gehn nach Norden, nach

Westen, wieder nach Hause. Vielleicht sollten wir auch allmählich weiterziehen.«

Mein Magen machte einen Hüpfer und noch einen. Mein Herzenswunsch! Heim nach Massachusetts!

»Clyde, Bruder Claymore, ist zurückgekommen«, fuhr Mama fort. »Er hat lang und fest gebetet und ist zu einer Entscheidung gekommen. Er will auf die Sandwich-Inseln gehen, um bei den Heiden zu arbeiten, obwohl Clyde sagt, dass es in New York wahrscheinlich mehr Heiden gibt als auf allen Südseeinseln zusammen.« Mama lächelte und strich sich die Haare aus dem Gesicht. »Und er will, dass wir mit ihm kommen – du, ich, Prairie und Sierra. Da werden wir also wieder nach Westen ziehn, der sinkenden Sonne entgegen, wir alle zusammen. Ist das keine Neuigkeit?«

Ich war entsetzt. »Auf die Sandwich-Inseln? Mama, ich will doch zurück nach Massachusetts, nicht auf irgendwelche Inseln mitten im Ozean. Bitte, Mama, können wir nicht einfach nach Hause gehn?«

»Sieh mal, Miss Lucy, ich seh es so. Es gibt Würmer, die sitzen in Äpfeln, und Würmer, die sitzen in Rettichen. Der Wurm im Rettich meint, die ganze Welt besteht aus Rettich. Aber ich nicht. Ich weiß, dass es mehr gibt, mehr als Massachusetts, mehr als Kalifornien. Wenn ich alle Teller, die ich in Kalifornien spülen würde, und alles Brot, das ich backen, und alle Betttücher, die ich waschen würde, auf einem Berg gesehen hätte, bevor wir Buttonfields verlassen haben, wär ich auf der Stelle tot umgefallen. Jetzt hab ich eine Möglichkeit, die ganzen Teller und Betttücher zu vergessen und den Apfel zu sehen. Und das will ich.«

Sieh hielt inne, lächelte wieder und sagte: »Und dann noch was. Clyde will, dass ich als seine Frau mitkomme.«

Ich starrte Mama an.

»Nun«, fuhr Mama fort, »was meinst du dazu?«

»Ich meine, dass ich nicht glaube, was ich höre. Auf die Sandwich-Inseln! Clyde Claymore heiraten! Mama, du hast doch gesagt, dass du keine Lust hättest irgendwen zu heiraten!«

»Meinungen müssen ab und zu gewechselt werden, genauso wie Windeln«, sagte Mama. Und dann stand sie auf, schüttelte ihre Haare und ihren Rock zurecht und ging zum Kochherd.

Ich rannte zum Fluss hinunter und die Tränen liefen mir übers Gesicht. Auf die Sandwich-Inseln! Da war es ja noch einsamer als hier! Und wieder entwurzelt sein. Das bisschen zurücklassen, was einem hier lieb und vertraut geworden war! Und das Allerschlimmste: Mama wollte heiraten! Und was war mit Pa, der im Himmel auf Mama wartete, wenn sie jemand anders heiratete? Wie konnte sie so etwas tun?

Ich ließ mich aufs Flussufer plumpsten, steckte die Füße wieder in das schmutzige Wasser und dachte an Pa – Pa, der mich festhielt, damit ich im Meer waten konnte ohne zu viel Angst zu haben; Pa und ich Hand in Hand, die Mäntel über dem Nachthemd und die schweren Winterstiefel offen an den Füßen, wie wir den Kaninchen beim Mondscheintanz zusahen. Ich erinnerte mich an die Berührung seiner rauen Hände und seines noch raueren Bartes und sah ihn, wie er nach einem Aufenthalt in Boston zurückkam, wie Mama ihm über das Feld entgegenlief, ihr Gesicht voller Liebe und Sehnsucht, und Pas Gesicht … Pas Gesicht.

Ich konnte mich nicht an sein Gesicht erinnern! Prairie hatte Recht. »Ich weiß, dass er rote Haare und einen stachligen Bart hatte«, flüsterte ich, »aber ich kann mir sein Gesicht nicht richtig vorstellen. Oh, Pa …«

Ich weinte eine Weile, und erst als ich zu schluchzen aufhörte, glaubte ich Pas Stimme zu hören, die zu mir sprach, wie er es immer getan hatte: »Schau, California, schau.«

»Schau deiner Mama zu«, fuhr er fort. Und ich sah wieder, wie Mama das meiste, was wir besaßen, aussortierte, wegwarf und verschenkte, wie sie Erinnerungen, Träume und Liebe in Massachusetts zurückließ und uns alle zu diesem Platz hierher brachte, wo sie beinah die einzige Frau und verantwortlich für alles war, was wir zu essen bekamen oder auf dem Leib trugen. Ich sah Mama in ihrem alten schwarzen Kleid noch lange, nachdem ich zu Bett gegangen war, bei Kerzenlicht nähen, und lange, bevor ich morgens auf war, das Feuer anfachen. Ich sah Mamas Gesicht, als Bruder Clyde Butte zurückbrachte, auf dem Rücken des Maultiers hängend; wie sie im Mondlicht mit Pa sprach; wie sie mir von Clyde und den Sandwich-Inseln erzählte und davon sprach, dass sie seine Frau werden wollte.

Als ich ganz erschöpft vom Weinen und Schauen und Hören zur Herberge zurückkehrte, war es Abendessenszeit. Mama und Clyde, Prairie und Sierra saßen an unserem notdürftig zusammengezimmerten Tisch, auf dem gefüllte Becher und Platten standen. Sierra sagte: »Ich stell mir vor, dass auf den Sandwich-Inseln die Sandwiches auf den Bäumen wachsen.«

Bruder Clyde lachte und sagte: »Stimmt fast, kleiner Schatz; es gibt dort Brotfruchtbäume.« Ich ging zu ihm und zupfte ihn am Ärmel.

Er wandte den Kopf, auf dem Gesicht sein breites Lächeln, in den großen Händen ein Riesenstück Eichelmehlkuchen. Als er sah, dass ich es war, erstarb sein Lächeln.

Ich räusperte mich und sagte: »Bruder Clyde, Mama hat mir von den Sandwich-Inseln und Ihnen und ihr erzählt. Ich hab gedacht, eins weiß ich … ich meine, ich liebe meinen Pa und … ich meine …« Wieder musste ich mich räuspern; inzwischen schwiegen alle am Tisch und warteten darauf, was um alles in der Welt ich wirklich meinte. »Also, irgendwie sind Sie ja schon Teil unserer Familie. Wenn ich meinen wirklichen Pa nicht haben kann, hätt ich lieber Sie als einen andern. Aber ich kann Sie nicht Pa nennen.«

Mama wollte gerade etwas sagen, aber Bruder Clyde legte ihr sanft die Hand auf den Arm. »Hab Dank, dass du mich willkommen heißt, Fräuleinchen. Es gefällt mir sehr, Teil dieser Familie zu sein. Und ich erwarte nicht von dir, dass du mich Pa nennst. Warum sagst du nicht einfach Bruder zu mir? Als Kind hatte ich sieben Schwestern und sie haben mich alle Bruder genannt. Als ich in den Dienst des Herrn trat, schien's mir ganz natürlich Bruder Clyde zu heißen, und ich wäre richtig stolz, auch dein Bruder zu sein.«

»Von dem Plan mit den Sandwich-Inseln halte ich allerdings nicht viel«, fügte ich hinzu, »aber wenn Mama dorthin will, denk ich, wir werden gehen.« Dann bückte ich mich, küsste ihn auf die Backe und lief zu meinem Bett, wo ich bis zum Morgen weinte und schlief. Immer wieder spürte ich, dass Mama oder Bruder Clyde oder beide meine Decke zurechtzogen oder mir übers Haar strichen. »Du hattest Recht, Pa«, flüsterte ich dem rotbärtigen Mann zu, dessen Gesicht ich nicht sehen konnte.

ACHTZEHNTES KAPITEL
Sommer 1853

In dem ich mich verabschiede

Bruder Claymore bereitete sich darauf vor, wieder seine Runden über die Berge und an den Flüssen zu machen, diesmal um das Geld zusammenzubringen, mit dem wir auf die Sandwich-Inseln reisen sollten. »Ich fühl mich so erfüllt vom Geist Gottes, dass ich meine, ich könnte hinschwimmen und von Heuschrecken und wildem Honig leben wie die alten Propheten, aber von meiner Familie kann ich das nicht verlangen«, sagte er Jimmy, als sie Clydes Habseligkeiten auf dem schmächtigen Apostel befestigten. »Ich weiß, dass meine Goldgräberbrüder mithelfen wollen mich und diese unschuldigen Kinder und meine zukünftige Frau, die liebreizende Mrs. Whipple, zur Ehre Gottes auszusenden.«

»Schwester Whipple«, sagte Mama. Und dann mit glänzenden und fröhlichen Augen: »Schwester Claymore.« Nachdem Bruder Clyde aufgebrochen war, verbrachte Mama übertrieben viel Zeit damit, in die Ferne zu schauen und zu seufzen. Ich hätte gern an Großmama geschrieben, um ihr von dem Feuer zu erzählen, davon, dass Mama Clyde heiratete und dass ich auf die Sandwich-Inseln verbannt werden sollte, wo ich in Zukunft barfuß gehen und Kokosnüsse essen würde wie Robinson Crusoe. Aber ich konnte nicht schreiben. Ich hatte kein Papier, keine Tinte und keinen Schneeschuh-Ballou, um einen Brief nach San Francisco zu bringen. Da kletterte ich stattdessen die Schlucht, so weit ich konnte, hinauf, die rutschig von Schlamm und Asche war, und schrie Richtung Osten: »Großmaamaaa, ich bin's, Luucy. Ich braaauch dich.« Ich wusste, dass sie mich nicht hören konnte, aber es tat mir trotzdem gut. Und für alle Fälle fügte ich hinzu: »Bitte schick mir ein paar Äääpfel und ein bisschen Hühnerfrikasseee!«

In Lucky Diggins zog der Juli ein, während Mama auf Bruder Clydes Rückkehr wartete und ich einfach so wartete. Inzwischen kamen wie durch ein Wunder Bücher zu mir zurück, Bücher, die das Feuer überlebt hatten, weil sie nicht in der Herberge gewesen waren, sondern im Zelt eines Goldgräbers flussaufwärts, oder andere, die aus Sacramento oder San Francisco von Leuten zurückkamen, die sie früher einmal ausgeliehen hatten und zurückgeben wollten, Bücher, die von Goldgräber zu Goldgräber über die unpassierbaren Berge weitergereicht wurden. Ich roch an ihnen, las ein wenig darin, steckte sie in einen Kartoffelsack und wartete weiter.

»Wenn wir schon wegmüssen, wünschte ich, wir würden's endlich tun«, sagte ich eines Tages zu Lizzie, während wir einen Flicken an die Zeltdecke nähten.

»Du scheinst nicht grade gern zu gehen.«

»Das ist den andern egal.«

»Für Abenteuer hast du wohl nicht viel übrig. Hast du Angst?«

»Ja, ich hab Angst. Ich hab Angst, dass ich jetzt überhaupt nicht mehr nach Massachusetts zurückkomme. Von den Sandwich-Inseln müsste man um die halbe Welt reisen.«

»Dann geh nicht mit«, sagte Lizzie.

»Und ich hab ganz bestimmt keine Lust auf noch so eine Schiffsreise und darauf, mir lauter neue Freunde zu suchen und mich irgendwo heimisch zu machen.«

»Aber du musst doch nicht weg.«

»Natürlich muss ich. Das ist doch klar, oder?«, sagte ich zu Lizzie. War es klar?, fragte ich mich selbst.

Lizzie sah mich so seltsam an, dass ich schnell das Thema wechselte.

»Wer ist hübscher, Rusty oder Snoose McGrath?«, fragte ich sie.

»Der Gentleman«, antwortete Lizzie.

»Na ja, klar, dass du das sagst. Du bist ja in ihn verliebt.«

»Unsinn«, sagte Lizzie. »Und du, Miss Lucy? Wen findest du hübsch?«

»Keinen hier. Das sind alles Holzköpfe und Banditen.« Ich dachte manchmal daran, wie es wäre mich zu verlieben, aber nur spät in der Nacht, im Dunkeln, wo niemand sah, wie ich rot wurde. Ich konnte mir vorstellen, wie Ivanhoe und Rowena sich küssten und verliebte Laute von sich gaben, aber Lucy Whipple und irgend so ein Goldgräber? Unausdenkbar. »Na ja, ich bin sowieso bald auf den Sandwich-Inseln, wo ich wahrscheinlich einen Kokosnussfarmer heirate, getrocknete Fische esse und nie mehr ein neues Buch zu lesen bekomme.« Ich stieß die Nadel so heftig durch die zerschlissene Zeltleinwand, dass ich mir fast den Finger festnähte und mir vorstellte, ich müsste in Lucky Diggins bleiben, bis entweder ich oder das Zelt zerfiel.

»Diese Bücher müssen dir viel bedeuten«, sagte Lizzie später, bevor sie ging. »Ich kann mir ’ne Menge Sachen vorstellen, die ich mehr vermissen würde als Bücher, wenn man mich übers Meer auf irgend ’ne Insel schleppen würde.«

»Wer geht auf welche Insel?« Es war die ehemalige Belle Scatter, die ein winziges rotes, schreiendes Bündel in ihren Armen hielt. Auch wenn ich Belle nicht besonders mochte, war sie doch das erste neue Gesicht, das ich nach dem Feuer sah. Ich bat Belle sich hinzusetzen und mir über ihr Eheleben zu erzählen und was in aller Welt sie in diesem gottverlassenen Aschenhaufen hier suchte und ob sie Hühner oder Käse oder Papier oder Federn mitgebracht hätte, und währenddessen nahm ich ihr das Baby ab und tröstete es. Belle hatte anscheinend immer noch nicht genug Übung.

»Drüben in Pas Zelt sind ein paar Kisten«, sagte Belle. »Ich bin mit Mr. Rush und Fanny Melinda gekommen, um euch zu besuchen und mich zu verabschieden. Zu viele Rechtsanwälte gehen nach Kalifornien. Außerdem finde ich, man kann hier kein Kind großziehen, drum gehen wir nach Osten, nach New York.« Belles Gesicht glänzte wie eine neue Bratpfanne. »Stell dir vor, New York. Klosetts im Haus und Pferdewagen und große Hüte mit Blumen.«

Zurück nach Osten. Während ich ins Land von Robinson Crusoe aufbrechen sollte, ging Belle nach New York, um in ihrem Klosett im Haus einen großen Blumenhut zu tragen!

Sie wollte sich Fanny Melinda zurückholen, aber da begann das Baby wieder zu schreien und zu strampeln. »Mir scheint«, sagte ich und wiegte das kleine Ding, »dass sie ein ganz schönes Gewicht hat. Wie willst du es schaffen, sie quer durchs ganze Land bis nach New York zu tragen?«

»Na ja«, sagte Belle mit einem schlauen Gesichtsausdruck, »drum bin ich eigentlich zu dir gekommen. Ich wollte mit dir sprechen. Ich weiß, dass du nichts anderes im Kopf hattest, als nach Massachusetts zurückzukehren, seit du hierher kamst. Wie wär's, wenn du mit uns gehen würdest? Wenn deine Mama ja sagt, würden wir auf dich aufpassen und dir die Reise bezahlen und du würdest dich dafür als Kindermädchen um Fanny Melinda kümmern.« Sie lächelte dem Kind in meinen Armen zu, woraufhin es sofort wieder zu schreien begann.

»Belle! Wirklich?« Ich wirbelte mit Fanny Melinda im Zelt herum, als wären wir auf dem Gouverneursball. »Wann denn? Wann würde es denn losgehen?«

»Nachdem wir uns über diesen erbärmlichen verkohlten Weg durchgeschlagen haben, lege ich keinen Wert drauf, das noch mal zu versuchen. Wir werden warten, bis Wagen durchkommen. Sollte bald so weit sein. Ein, zwei oder drei Wochen.«

Mir kam das nicht so bald vor, aber es war der beste Vorschlag, der mir seit langem gemacht worden war. Wir besiegelten den Plan mit einem Handschlag und ich tanzte leichtfüßig nach Hause. Ich würde heimkehren nach Massachusetts!

»Halleluja und ade Kalifornien!«, rief ich. »Jetzt bin ich Asche und Staub und Dreck los. Ade, verdorrte Hügel und trockene rissige Erde, Kiefernzapfen und Eichelkuchen, Tannengrün, Bergspitzen und blauer, blauer Himmel! Ade, Goldwaagen und Klapperschlangen-Joe«, fügte ich lachend hinzu, »und fluchender Goldgräber in der Hemdhose. Ade, lange milde Herbstnächte und Fichtenduft und Hügel voller Mohnblumen.« Mein Tanz verlangsamte sich. »Ade, Jimmy und Lizzie und Gentleman …« Ich seufzte und legte den restlichen Weg schweigend zurück.

Als ich heimkam, war Bruder Claymore wieder da und saß auf dem Zeltboden, den Kopf in die Hände gestützt. Mama sagte gerade: »Macht nichts, Clyde. Wir müssen doch nirgends hin; wir können heiraten und die Herberge wieder eröffnen.« Er sah so niedergeschlagen aus, dass Mama Luft holte und fortfuhr: »Oder wir können warten, bis du das übrige Geld beisammen hast. Ich weiß ja, dass hier nicht viele Leute sind und dass die wenigen auch nicht so viel geben können wie früher, aber wir sind doch noch nicht alt. Wir können noch ein oder zwei Jahre warten.« Und dann sahen sie beide niedergeschlagen aus.

»Mama«, sagte ich, »ihr braucht gar nicht so viel Geld für die Überfahrt, wie ihr gemeint habt. Ich komme nicht mit. Ich habe mit Belle Scatter verabredet, dass ich mit ihr nach Osten zurückgeh. Ich kehre endlich nach Hause zurück, Mama!«

Es war still wie in der Kirche. Man hörte nicht mal jemanden atmen. Schließlich sagte ich: »Mama?«

»Clyde kriegt das übrige Geld schon zusammen. Er kann ja Apostel verkaufen. Wenn er dann wieder da ist, müssen wir alles bereit haben. Sag mal, Lucy, hast du eigentlich schon …?«

»Mama? Hast du nicht gehört, was ich gesagt hab?«

»Ich hab den Wind in den Bäumen gehört, ich hab die Eichhörnchen um Nüsse streiten hören, ich hab den Fluss rauschen hören. Aber ich hab nicht den Unsinn gehört, dass du nicht mitkommen willst.«

»Ja, aber ich soll doch endlich auf eigenen Füßen stehen.«

»Du kannst auf den Sandwich-Inseln sehr gut auf deinen eigenen Füßen stehen, vielen Dank. Und jetzt reden wir nicht mehr drüber.«

»Aber Mama …«

»Nichts da aber Mama. Ich schwör dir, wenn ich sterbe, werd ich mir auf den Grabstein meißeln lassen: ›Aber Mama‹.«

»Mama, setz dich. Ich will dir was sagen.«

»Lucy, ich hab keine Zeit für dein Geschwätz.«

»Mama, setz dich!« Ich wusste nicht, wer von uns beiden mehr überrascht war, als Mama tatsächlich gehorchte. »Weiter nach Westen zu ziehen ist Bruder Clydes Traum und deiner, aber nicht meiner. Ich geh wieder nach Hause.«

Mama öffnete den Mund, um etwas zu sagen, aber es kam nichts heraus.

»Ich hätte nie gedacht, dass du mal sprachlos bist, Mama.«

»Ich hätte nie gedacht, dass du dich mal von deiner Familie abwendest …«

»Schau, Mama, es wird schon gut gehen. Prairie ist groß genug, um dir zu helfen, und Sierra ist fast sechs und du hast ja auch Bruder Clyde. Ich geb dir das Geld, das noch in meinem Gurkentopf ist. Ich werd's nicht mehr brauchen. Zieh nach

Westen und erfüll deinen Herzenswunsch. Und lass mich meinen erfüllen.«

»Aber California ...«

»Nichts da aber California, Mama.«

Nach einem Abendessen, das aus Kaninchenfleisch, Eichelbrei und Käse von Belle bestand, saßen wir um den Baumstumpf-Tisch und Mama zählte die Nuggets und Münzen im Gurkentopf und fügte hinzu, was Bruder Clyde gesammelt hatte. Wir schätzten, dass die Prise Goldstaub einen Dollar wert war, und rechneten alles zusammen. Es reichte nicht. Mama seufzte und begann noch einmal von vorn zu zählen. Immer noch nicht genug. Bruder Clyde legte seinen Arm um Mama, Prairie weinte ein bisschen und da weinte Sierra auch, weil Prairie es tat.

Jimmy Schnurrbart nahm Mamas Hand und sagte: »Hör mal, Arvella, ich glaub, du hast falsch gezählt. Lass mich's mal versuchen.« Er sammelte den Goldstaub, die Münzen und die kleinen Nuggets in seiner schmutzigen braunen Handfläche und begann wieder zu zählen. Und wie bei dem Wunder mit den Broten und den Fischen in der Bibel war es jetzt tatsächlich genug!

»Wie konnt ich bloß vergessen diese großen Nuggets da zu zählen?«, fragte Mama, als Prairie und Sierra vor Freude herumhüpften und kreischten.

Jimmy zuckte mit den Schultern und lächelte. Seine Schneidezähne fehlten. Er blinzelte mir zu.

Noch ein paar Tage, und Mama und Clyde und Prairie und Sierra würden auf dem Weg nach San Francisco sein, wo Bruder Clyde und Mama von einem Prediger getraut würden, bevor sie alle an Bord eines Schiffes gingen, das Kattun, Bauholz und Missionare auf die Sandwich-Inseln brachte. Obwohl immer noch keine Wagen durchkamen, waren die Wege frei genug, um zu Fuß oder mit dem Maultier durchzukommen, und so planten sie die Berge nach Marysville mit anderen zu überqueren, die auch wegzogen: Poker John Lewis und Milly vom Saloon, die nach San Francisco gingen um zu heiraten und einen Spielsalon zu eröffnen; Ripley Gurgins, der ein Auge auf eine deutsche Witwe und ihre Farm in der Nähe von Colusa geworfen hatte; Billy und Beppie Parker, die nach Indiana zurückgingen, und Amos Frogge auf dem Weg nach Colorado. Sogar Flapjack, der sagte, er habe schon länger hier in den Bergen gelebt als Gott, machte sich auf den Weg und sagte mit einem Schmatzen seines zahnlosen Mundes: »Ich such mir Gold, was leichter auszugraben ist.« Es sah aus, als würde Lucky Diggins völlig stillgelegt.

Am Morgen ihrer Abreise ging ich mit Mama, Clyde, Prairie und Sierra zu der Gruppe, die am Fuß der Schlucht wartete. Die Mädchen wurden auf Apostels Rücken gehoben und Mama trug ihren spärlichen Besitz in einem Sack, der aus einem Zelt gemacht worden war, das aus einer Decke gemacht worden war, die wahrscheinlich irgendwann einmal etwas anderes gewesen war. Wie konnten sie sich über die abgebrannten weglosen Berge und das unbekannte Meer wagen, so wie sie waren, verletzlich und arm? Ich küsste Clyde auf die Backe und sagte: »Pass gut auf sie auf.«

Clyde tippte an seinen Hut und sagte: »Gott und ich werden auf sie aufpassen, Schwester Lucy. Mit Hilfe von Bernard Whipple droben im Himmel.«

»Prairie«, sagte ich und umarmte sie, »hilf Mama, wie ich's getan hab.«

Prairies Augen blinzelten hinter ihren Brillengläsern.

»Hast Recht«, gab ich zu. »Das wär nicht so schwer. Also hilf Mama besser, als ich's getan hab.« Und wieder umarmte ich ihren kräftigen kleinen Körper.

»Und du, Sierra …«

»Wir fahren mit dem Schiff, Lufy.« Jetzt hatte Sierra einen Zahn verloren. Ich fühlte mich ganz alt. »Wir fehen ficher Wale und Möwen und effen Brot von den Bäumen.«

Jimmy Schnurrbart küsste Sierra und Prairie und sogar Mama und sagte: »Schade, dass du wegmusst, Arvella, grade jetzt, wo dein Brot wieder genießbar wird.«

Mama umarmte mich und wir begannen beide zu weinen. Dann trat sie einen Schritt zurück und sah mich an. Sah mich wirklich an. »Ich wusste nie wirklich, was aus dir werden soll, Mädchen. Ich hatte so Angst, dass du schwach und verträumt bist wie dein Pa.«

»Mama! Pa war nicht schwach …«

»Lucy, lass mich auch mal was wissen. Du bist nicht die einzige Schlaue hier.«

»Aber Mama«, sagte ich, nicht nur um zu widersprechen, sondern auch als Erinnerung an alte Zeiten, und dann lachten wir beide, während uns die Tränen übers Gesicht liefen.

»Du hast so manches von deinem Pa, mein Mädchen. Und manches davon ist gut.« Mama umarmte mich wieder. »Aber hauptsächlich bist du wie ich. Erstaunlich, wie?«

Da klammerte ich mich an Mama, als wäre ich am Ertrinken. »Mama, wann seh ich dich wieder?«

Mamas Gesicht war tränenüberströmt. »Wir gehn doch nur auf die Sandwich-Inseln, Lucy, wir sterben doch nicht. Wir werden dich wiedersehen. Es muss einfach so sein. Wir sind doch eine Familie.«

Mama wandte sich zum Gehen, dann kehrte sie wieder um und wollte etwas sagen. Ich unterbrach sie, rückte ihren Sack zurecht und sagte: »Geh, Mama. Ich werd manchmal weinen und dich schrecklich vermissen. Aber mach dir keine Sorgen. Mir geht's gut.« Das sagte ich vor allem, um Mama zu trösten, aber während ich es sagte, merkte ich, dass es stimmte. Mir ging's gut. Sobald der Weg frei war, würden Belle und Mr. Rush und Fanny Melinda und ich in einen Wagen steigen und nach Osten fahren, nach Hause.

Als die Gruppe sich den Weg durch die Schlucht hinaufgekämpft hatte und zwischen den Bäumen verschwand, musste ich mich sehr zusammennehmen, dass ich ihnen nicht nachrannte. Mama war weg! Und Prairie und Sierra! Und Bernard, Schneeschuh und Amos Frogge! Ich fühlte mich so allein, dass ich in die Wiese hinausrannte, lange mit Butte sprach und mich tüchtig ausweinte.

NEUNZEHNTES KAPITEL
SOMMER / HERBST 1853

In dem ich endlich zu Hause bin

Es war so still, als Mama, Clyde und die Mädchen fort waren. Ich beschloss zu Belle und ihrer Familie zu ziehen, damit Jimmy und der Gentleman unser Zelt bekamen. Ich hatte nicht viel zu tun, außer dafür zu sorgen, dass Fanny Melinda trocken und ruhig blieb; ich musste nicht für Goldgräber kochen, keine Quilts zusammennähen, keine Schwestern beaufsichtigen, und so wanderte ich oft über die Hügel, die goldgelb in der Sommersonne dalagen, sah mir alles an und dachte nach.

In der letzten Juliwoche sagte Belle, dass ihr Pa Mrs. Flag gefragt habe, ob sie ihn heiraten wolle, und sie habe, immer noch schweigend, genickt, und die Hochzeit sollte am 1. August stattfinden. Mr. Scatter, der selbst ernannte Bürgermeister von Lucky Diggins, wählte Jimmy zum Friedensrichter, damit er für die rechte Form sorgen konnte.

Am 1. August war es schon frühmorgens so heiß und trocken, dass die Erde rissig wurde und dass bei der Zeremonie am Fluss mehr Ameisen und Eidechsen waren als Gäste, aber alle hatten viel Spaß bei der Sache. Oder fast alle. Ich musste immer an Mama und Clyde denken und an die Hochzeit, bei der ich fehlte: Ma in einem neuen Blumenhut, ihre Hand in Bruder Clydes großer Pfote; Prairie und Sierra, die lächelnd neben Apostel standen, der zu dieser besonderen Gelegenheit Blumen und vielleicht sogar Glöckchen als Schmuck in seinem Zaumzeug trug. Ich musste ganz fest an Großmama und Rocky

Flat und an die Leihbibliothek denken, um nicht in Tränen auszubrechen.

Da das Feuer nichts übrig gelassen hatte, war die Flag-Scatter-Hochzeit nicht gerade die prächtigste. Mrs. Flag trug das alte blaue Kleid, das vorher mir gehört hatte. Mit einem rosafarbenen Band von Belle um die Taille und wilden Rosen im Haar sah sie hübsch und sommerlich und glücklich aus. Lizzie und Ruby Ramona waren sauber und ordentlich und erleichtert, dass man sie »nicht mit irgendwelchem Zeug rausgeputzt« hatte. Sie standen Hand in Hand hinter ihrer Mutter und versuchten ungerührt dreinzuschauen, aber das Lächeln auf ihren Gesichtern, als sie »Ja« flüsterte, ließ das ganze Vorgebirge bis Marysville aufleuchten.

Danach riefen die Leute: »Eine Ansprache! Eine Ansprache!«, und Rusty schoss mit der Pistole in die Luft.

»Seid still, ihr Kojoten, und lasst mich zu Wort kommen«, sagte Mr. Scatter. »Ich hab was Wichtiges zu sagen.« Er sah Mrs. Flag – nein, Mrs. Scatter – an, und sie lächelten sich zu. »Wir haben drüber geredet. Nach allem, was wir durchgemacht haben, ist das hier unser Zuhause – jetzt noch unter Schwierigkeiten, aber es ist ein Zuhause. Und wir wollen's nicht kampflos untergehen lassen.« Er hob ein Stück Kohle auf und schrieb auf die einsame Saloonwand: WIDER EROEFNET. »Wir haben wenig zu bieten außer Hoffnung, ein paar Kisten und Fässer und eine Schachtel mit Professor Terence O'Hare's weltberühmter Haar- und Blutkur«, sagte Mr. Scatter mit einem Grinsen, »aber wir werden Lucky Diggins nich verlassen. Bin ja schließlich noch nich reich genug.«

Die Leute jubelten ihm wieder zu, obwohl ich nicht recht einsah, was es da zu jubeln gab, wenn man in Lucky Diggins bleiben musste. Jimmy zündete die Fackeln am Flussufer an, der Gentleman spielte auf seiner selbst gebauten Fiedel, als hätte er den Teufel im Leib, und es wurde getanzt und herumgealbert.

Ich drückte mich ein bisschen am Rand herum, weil mir Mama fehlte und weil ich mich zu einsam fühlte um zu feiern, aber Jimmy Schnurrbart bestand darauf, dass ich mitmachte, und so wirbelte ich mit Jimmy und Snoose McGrath herum und sogar mit dem neuen Bräutigam Mr. Scatter, der sagte, er sei vor der Zeremonie so aufgeregt gewesen, dass er beinah seine Hosen falsch herum angezogen hätte.

Endlich drückte der Gentleman Rusty seine Fiedel in die Hand und begann mit Lizzie zu tanzen und es sah aus, als wollten sie nie mehr aufhören. Und tatsächlich erzählte mir Lizzie am nächsten Morgen, dass sie und der Gentleman im Herbst heiraten wollten und dass sie in Live Oak Valley, gleich auf der anderen Seite des Flusses, das Land bebauen wollten. »Der Gentleman kann kein Gold mehr graben mit seinem schlimmen Fuß und seinem Rheuma und allem, aber wir wollen hier auch nicht weg. Meine Brüder bleiben da und helfen uns und irgendwann auch unsere Kinder.« Sie hatte einen leicht verträumten und abwesenden Ausdruck im Gesicht, der mich an meine Mama erinnerte, wenn sie Clyde ansah. Das Gefühl der Einsamkeit überwältigte mich beinahe.

»Wann kommt denn dieser Wagen endlich?«, fragte ich Belle am nächsten Tag, weil ich es langsam satt hatte herumzusitzen und Fanny Melinda auf dem Arm zu wiegen. »Das dauert aber jetzt schon länger als ein oder zwei Wochen!«

»Ich denke, er kommt, wenn er kommt«, sagte sie, was mir auch nichts nützte. »Ich hoffe nur, dass er vor dem Regen eintrifft, sonst sitzen wir bis nächstes Jahr hier fest. Auf diesen glitschigen Wegen kommt kein Maultier über die Berge und ein Wagen noch viel weniger.«

Nächstes Jahr! In diesem Augenblick wünschte ich, ich

könnte so richtig gut beten, aber ich fürchtete, dass Gott meinen Namen bis jetzt noch nicht mal gehört hatte.

Eines Morgens kam Mr. Scatter um mit mir zu reden. Er wollte ein Schild für den neuen Kaufladen (»Kaufladen von Lucky Diggins, Eigentümer: Mr. und Mrs. Leon Scatter«) und er wollte, dass ich es machte, damit die Rechtschreibung stimmte.

Mir schien, dass der Wiederaufbau des Kaufladens nach dem Brand, den wir erlebt hatten, etwas mehr verlangte als nur »Eigentümer: Mr. und Mrs. Leon Scatter«. Vielleicht irgendwas in der Art eines Heldengedichts.

Ich arbeitete lang und hart, schrieb und änderte wieder, strich aus und machte Einfügungen. Als es fertig war, half mir Snoose McGrath, es mit Farbe, die wir aus rotem Ton und Harz zusammengerührt hatten, auf ein Brett zu malen. Nach fast drei Tagen war es fertig. Ich wickelte das Schild in einen Kartoffelsack und trug es zu Mr. Scatter.

»Was hast'n da, kleine Schwester?«, rief Jimmy, als ich an ihm vorbeiging.

»Ein Schild für Mr. Scatters Laden.«

»Oho! Das muss ich sehn!« Jimmy heftete sich an meine Fersen.

»Wo gehst'n hin, Jimmy?«, fragte Rusty, der Wasser vom Fluss herauftrug.

»Wir enthüllen 'n großes Kunstwerk«, antwortete Jimmy. Rusty kam mit uns, ebenso wie eine Gruppe von Goldgräbern, die schwatzend im Schatten gestanden hatten. Wir sahen aus wie eine Parade am Unabhängigkeitstag, nur dürftiger und schäbiger.

Mr. Scatter war so aufgeregt, dass er den Sack einfach aufriss und das Schild laut vorlas, wobei er bei den Worten stockte, die er nicht kannte, und die anderen, bei denen er unsicher war, nur leise aussprach. Er sah mich an, schniefte gerührt und las es noch einmal mit lauter, klangvoller Stimme:

»Zwiebel, Bohnen, Räucherspeck,
Reis und Yams und Bärendreck,
Pökelfleisch und Ölsardinen,
Mehl in Fässern, Reis, Rosinen,
Whiskyflaschen, Möweneier,
weiche Wolle, Pfannen, Seiher,
Töpfe, Zuber, Schaufeln, Pickel,
Hosen mit und ohne Zwickel.
Alle Arten Schürfgeräte,
eingemachte Rote Bete.
Zahlt mit Goldstaub, Geld, Kredit,
nehmt Scatters gute Ware mit.«

Man hätte meinen können, der alte Henry W. Longfellow selbst sei gekommen, um *Evangeline* zu deklamieren, solch ein Spektakel folgte darauf. Es schien nichts auszumachen, dass das Ganze ziemlich holprig gereimt war, dass es in Mr. Scatters Laden nichts von all den angepriesenen Sachen gab oder dass ich Kredit versprach bei einem Mann, der nicht mal dem Erzengel Gabriel Kredit geben würde. Ich hatte den Eindruck, dass er es allmählich tun sollte.

Mr. Scatter musste es immer wieder vorlesen und dann ich noch zweimal. Alle außer der hoch verehrten Autorin zogen sich dann in den Schatten einer ausgebrannten Eiche zurück, um sich über eine der rußgeschwärzten, aber unversehrten Whiskyflaschen herzumachen, die wie ein vergrabener Schatz aus der Asche des Saloons geborgen worden war.

Dann, eines Montagmorgens, während Fanny Melinda vor sich hin brabbelte und an meinen Haaren zog, kam die Zukunft in die Stadt geritten. Die Fahrspur von Marysville herüber war endlich wieder frei und es erschien ein Zug von Maultieren, die mit Essen und anderen Waren beladen waren, Wagen, die unter der Last von Werkzeug und Maschinen knarrten, und an der Spitze des Zuges, wie ein römischer Kaiser, der einen Siegeszug anführte, ein kleiner kahlköpfiger Mann in einem steifen schwarzen Anzug, der auf einem Maultier saß, eine Zigarre paffte und »Oben am Yuba River« sang.

»Agamemnon Porterhouse«, sagte er zu Mr. Scatter, »zu Ihren Diensten. Ich vertrete die Green Mountain Investment Company aus Poxley, Vermont, und wir sind hier, um einen aussichtsreichen Standort für das größte Erzbergwerk nördlich von Bailey Pines auszukundschaften.« Jimmy und der Gentleman hörten zu arbeiten auf, Mr. Scatter unterbrach seinen Streit mit Snoose McGrath, Fanny Melinda ließ meine Haare los und alle in der Stadt ließen liegen und stehen, womit sie gerade beschäftigt waren, und strömten zusammen, um Agamemnon Porterhouse zuzuhören.

»Sieht aus, als wären euer Land, eure Berge und euer Quarz eine reine Goldgrube«, sagte er, »aber ihr könnt nicht drankommen. Wir schlagen euch vor, dass wir euer Land kaufen, so viele Grubenanteile wie möglich abstecken, tiefe Schächte in die Berge graben und mit diesen Maschinen dort tonnenweise Gestein fördern, zerstampfen und das Gold rausholen. Davon profitieren Sie, meine Herren, Lucky Diggins profitiert und natürlich auch die Green Mountain Investment Company.« Er zog an seiner Zigarre und blies einen gleichmäßigen Rauchring in die klare, milde Luft.

Am oberen Ende des Schluchtweges wartete eine Postkutsche, die erste, die in diesen Bergen gesichtet wurde. Jimmy und ich kletterten hinauf, um sie uns näher anzusehen. Die Kutsche war kanariengelb und hatte vier riesige eisenbereifte Räder.

Auch wenn sie schmutzig und ganz zerkratzt war, schadhafte Sitzbänke und ein Gespann müder Pferde vor sich hatte, war sie zehnmal eleganter als ein Maultier mit einem klapprigen Wägelchen.

Der Kutscher brachte Neuigkeiten mit: Flapjack war in San Francisco von einer Spielerin erschossen worden, Bean Belly Thompson war von einem seiner Maultiere so heftig gebissen worden, dass er nicht mehr sitzen konnte und deshalb das Transportgeschäft aufgegeben hatte, und unser geflüchteter Herbergsgast Percival Coogan war in Sacramento gestorben, weil er was am Hals hatte.

»Mandelentzündung?«, fragte Mr. Scatter.

»Nee, er ist gehängt worden«, antwortete der Kutscher.

»Hab's dir doch gesagt«, flüsterte ich Butte in Gedanken zu.

Die Kutsche hatte auch noch Mrs. Porterhouse, drei kleine Jungen und so viel Gepäck mitgebracht, dass es aussah, als wollten sie einige Zeit bleiben. Jimmy, Rusty und Snoose brauchten den ganzen Tag, um alles Zeug samt Mrs. Porterhouse, einer stämmigen und stattlichen Lady, den Weg durch die Schlucht herunterzuschleppen.

Jetzt, wo der Weg frei war, machten sich einige Goldsucher mit ihrem Gewinn auf den Weg nach Hause. Andere, die nicht für eine Firma arbeiten wollten, gingen nach Gravel Bar oder nach Bedbug Flat oder sonst an einen unbekannten und namenlosen Ort, der reiche Goldschätze versprach. Die Übrigen verkauften ihre Claims an die Bergwerksgesellschaft und lernten die Maschinen zu bedienen und zu reinigen, die den Fluss aufstauten und den Fels zerstampften. Und so kam es, dass die Green Mountain Investment Company aus Poxley, Vermont, schließlich so viel kalifornisches Land besaß, das die Amerikaner den Mexikanern weggenommen hatten, die es den Spaniern weggenommen hatten, die es den Indianern und den Lachsen und den Bären weggenommen hatten.

Aber all das war Zukunftsmusik. Zunächst einmal fuhr die Kutsche weiter nach Skunk Valley und einigen anderen Orten. Als sie zwei Tage später zurückkam, saßen Belle und ihre Familie darin. Wir wollten mit der Postkutsche bis Sacramento fahren und dann einen Pferdewagen für die Reise nach St. Louis mieten, wo wir in den Zug nach New York steigen würden; in nur etwa acht Wochen würde ich zu Hause sein. Mein Herz klopfte vor Aufregung, aber es tat mir ein bisschen Leid schon so bald wegzumüssen. Lucky Diggins standen große Veränderungen bevor und ich war neugierig, was alles geschehen würde.

Am nächsten Nachmittag erschien vor dem Zelt ein fremder Goldgräber mit einem Päckchen unter dem Arm. »Sind Sie das Mädel, das kleine Schwester genannt wird?«, fragte er mich.

»Ja, leider«, antwortete ich.

»Heißt das ja oder nein?«

»Ja. Man nennt mich kleine Schwester.«

»Also ich hab in New Orleans 'nen Kerl getroffen, als ich auf dem Weg nach Kalifornien war und er heimwollte. Er hat mir das Päckchen hier gegeben und wollte, dass ich's der kleinen Schwester in Lucky Diggins in der Nähe von Marysville in Kalifornien bring. Hab ich getan. Muss weiter.« Er tippte an seinen Hut und war fort, bevor ich »Ade« oder »Danke« oder »Wollen Sie 'ne Zwiebel und ein paar Bohnen?« sagen konnte.

Ich riss das Päckchen auf. Es war ein Exemplar von *Ivanhoe*. Ein Zettel lag darin:

Kleine Schwester,

hab gehört, dass es bei euch gebrannt hat. Tut mir Leid, dass Sie Ihre Bücher verloren haben. Sie kennen mich nicht, aber ich habe

Ihr Buch vor langer Zeit in Kalifornien gelesen. Hab's mir von einem geliehen, der sich's von einem andern geliehen hatte, der jemanden kannte, der Sie kannte. Als ich in Missouri 'nen Lehrer mit dem gleichen Buch sah, hab ich gedacht, ich sollt's der kleinen Schwester als Ersatz für das verbrannte schicken. Und da haben Sie's nun wieder. War nicht allzu schwer den Lehrer zu überreden, dass er's hergab. War 'n bisschen schwächlich, der gute Mann.

Ihr Freund Maxwell Parsons

Ich saß lange da und las in *Ivanhoe;* dann machte ich mich seltsam ruhelos auf zu meinem letzten Spaziergang durch Lucky Diggins. Ich kletterte den Schluchtweg hinauf und sah mich um. Falken rüttelten im erbarmungslosen, endlos weiten und wolkenlos blauen Himmel. Die Hügel in der Ferne wurden schon gelb von wildem Hafer und dürren Gräsern. Hie und da spross etwas aus der verbrannten Erde: späte Enziane, Astern und verschiedenfarbige Moose. Eidechsen huschten über die trockene, rissige Erde.

Nach einer Wegbiegung stand plötzlich ein Rehkitz vor mir. Es sah mich ruhig an und versuchte dann, aufgestört durch meinen Menschengeruch, davonzulaufen. Dabei stolperte es über einen Ast, fiel hin und lag da, alle vier Beine von sich gestreckt. Bevor ich mich regen konnte, war es wieder aufgesprungen und im Unterholz verschwunden. Warum war es allein? Hatte es seine Mutter verloren? Oder war es schon groß genug, um für sich selber zu sorgen?

In leuchtenden Rosa- und Orangetönen ging die Sonne hinter den dunklen Bergen unter, die auf mich herabsahen. »Prächtig«, sagte ich zu einer Eidechse, die sich auf meinem Stiefel sonnte. »Und wunderschön. Aber du solltest dich jetzt lieber auf den Weg machen. Es wird spät und ich muss nach

Hause gehen.« Und das tat ich dann auch, überrascht über meine eigenen Worte.

Ich kletterte nach Lucky Diggins hinunter und die goldene und staubige Luft war voll vom Duft der Nadelbäume, Kräuter und reifenden Beeren. Aus den Hütten und Zelten drangen Gelächter und das Klappern der Blechteller, die zum Abendessen bereitgestellt wurden. Rustys Mundharmonika erklang, begleitet vom Schrei der Wildgänse. Der Geruch nach verbrannten Bohnen, Maultieren und Aborten stieg mir in die Nase. Es war mir alles so vertraut wie der Morgen und ich war erfüllt von Glück, Traurigkeit und etwas Starkem, das ich nicht benennen konnte.

Liebe Mama,

ich stell mir vor, wie du barfuß an einem Strand stehst, der Wind fährt dir durchs Haar und du hältst eine Kokosnuss in der Hand. Wahrscheinlich warst du noch nie so glücklich. Außer dass ich dich ganz furchtbar vermisse, bin ich auch glücklich.

Ich muss dir etwas mitteilen. Ich hoffe, es gibt dort auf den Sandwich-Inseln irgendetwas, auf das man sich setzen kann, denn es ist wahrscheinlich besser, du setzt dich jetzt hin.

Ich traf mich mit Belle und ihrem Mann und Fanny Melinda bei Mr. Scatter, bereit auf den Berg zu klettern, wo die Postkutsche wartete. Jimmy und der Gentleman waren gekommen um mich zu verabschieden, der Gentleman mit einem Arm voll wilder Sonnenblumen und Jimmy mit Tränen in den Augen. Lizzie und ihre Ma, die jetzt Mrs. Scatter ist, sahen wortlos vom Laden zu uns herüber. Niemand lächelte, niemand klopfte mir auf den Rücken. Es war wie eine Beerdigung.

Und dann, Mama, fügten sich plötzlich alle Gedanken, die ich mir in der Zeit des Wartens gemacht hatte, zusammen, verschmolzen wie die Töpfe und Pfannen im Feuer. Und dann war es mir auf einmal klar. Ich wusste, dass der Osten nicht meine Heimat ist, dass Massachusetts nicht meine Heimat ist. Meine Heimat, das bist du und Pa, Butte, Prairie, Sierra und die kleine Golden, Großmama und Großpapa. Das Massachusetts, das mein Zuhause ist, ist in meinem Herzen und keine Stadt vierzig Meilen westlich von Boston. Und ich kann es in mir tragen, wohin ich auch gehe, aber ich kann nie mehr dorthin zurückkehren.

Ich glaube, mein Zuhause ist da, wo ich geliebt werde, wo ich sicher bin und gebraucht werde. Und das ist Lucky Diggins. Endlich, Mama, ist Lucky Diggins mein Zuhause und ich will nirgendwo anders mehr hin.

Ich versuchte es Belle zu erklären. Ich bin nicht sicher, dass sie es verstanden hat, aber sie wünschte mir Glück und begann Fanny Melinda auf dem Arm zu wiegen. Die Ehe hat sie offensichtlich ein bisschen sanfter gemacht.

Noch eine ganze Weile, nachdem sie weg waren, bereute ich meinen Entschluss, weil ich hier so allein bin, ohne Mama, ohne Gurkentopf und ohne Hoffnung auf Massachusetts. Ich dachte, ich hätte einen großen Fehler gemacht. Was sollte ich tun? Mir war nicht danach zumute, meine Tage mit Kuchenbacken zu verbringen.

Ich sprach mit Lizzie und Butte und las im Ivanhoe, *den man mir aus New Orleans geschickt hatte, und dann war die Idee da. Ich ging zu Mrs. Porterhouse, die mit der Green Mountain Investment Company in die Stadt gekommen war, um Lucky Diggins zu retten. Sie sagte, ihr ganzes Vermonter Haus würde in Einzelteile zerlegt, per Schiff um Kap Horn transportiert und dann bis Lucky Diggins gebracht und wieder aufgebaut werden. Kannst du dir das vorstellen? Was für eine Sensation! Sie ist entschlossen, die Zivilisation nach Kalifornien zu bringen, und will in Lucky Diggins damit anfangen. Sie möchte eine Schule und eine Kirche aus richtigen Ziegelmauern bauen lassen. Ich erzählte ihr von meiner Idee: eine Leihbibliothek im Erdgeschoss der Kirche. »Lucille«, sagte sie in ihrer förmlichen und vornehmen Art, »Lucille, Mädchen, du denkst wie ich.« Das war natürlich als Kompliment gemeint! Ich umarmte sie so fest, dass ihr Korsett krachte.*

Ich habe mit den Goldgräbern geredet, die noch da sind, und mit ein paar Farmern im Tal. Sie sind einverstanden, jeder einen Dollar pro Monat zur Erhaltung der Bücherei und zur Entlohnung einer Bibliothekarin zu bezahlen. Wir haben noch nicht viele Bücher, nur meine, die zurückgekommen sind, und ein paar Bücher über gutes Benehmen und Haushaltsführung, die Mrs. Porterhouse mitgebracht hat. Aber wir werden welche haben. Als Erstes schenke ich der Bibliothek meinen Ivanhoe.

Ich bin Miss Whipple, die Stadtbibliothekarin! Lizzie hilft mir eine Hemdbluse mit einem hohen Kragen und einen langen Rock zu nähen, wie sie für eine Bibliotheksangestellte passend sind. Ich werde mich gleich hier in einem Zimmer über dem Kaufladen einrichten, die Bücher aufstellen und ordnen, zerrissene Seiten flicken, aufschreiben, wer was ausgeliehen hat, lesen, was immer mir Spaß macht, und umgeben von Büchern leben und arbeiten. Stell dir vor, Mama. Das ist mein größter Wunsch. Mein allergrößter Wunsch.

Letzten Sonntag habe ich euch alle so sehr vermisst. Da ging ich wieder zu Butte. Mr. Scatter baut ein großes Haus dort, wo die Herberge stand, und so habe ich die Blumenzwiebeln ausgegraben und sie auf Buttes Grab gepflanzt. So wird er im nächsten Frühling Blumen haben. Und ich habe ihm ein Geschenk gebracht: »seinen Brand löschen«, das einunddreißigste Wort für Saufen. Von Mr. Porterhouse. Das muss Butte doch sehr schmeicheln.

Sag Bruder Clyde und Prairie und Sierra ganz liebe Grüße. Ich denke die ganze Zeit an euch und weine manchmal und mach mir

Sorgen um euch, weil ihr ohne mich dort irgendwo in der Wildnis leben müsst. Aber ich schaffe es ganz gut allein.

Herzlichst deine dich liebende Tochter
Miss California Morning Whipple,
glückliche Bürgerin und Bibliothekarin
von Lucky Diggins, Kalifornien, USA.

NACHWORT DER AUTORIN

Die Geschichte des kalifornischen Goldrausches war immer eine Mischung aus Mythos und Realität. Der Mythos besagt, dass vom Goldrausch ausschließlich Männer erfasst waren, die ihr Zuhause und ihre Familie verließen, um in Kalifornien den großen Fund zu machen. Aus einer Volkszählung von 1850, die ich entdeckte, ging tatsächlich hervor, dass offenbar 90 Prozent der Menschen, die auf der Suche nach Gold nach Kalifornien kamen, männlich waren. Was aber ist mit den restlichen zehn Prozent? Es waren Ehefrauen, Mütter, Schwestern, Töchter und manchmal Frauen wie Arvella Whipple, die ohne Mann gekommen waren. Sie durchquerten das Land in langen Röcken und mit langem Haar, gebaren Kinder auf dem Weg oder in Reisighütten an Flussufern, kochten und wuschen für ihre eigenen Familien und für so viele andere Goldsucher wie möglich, um sich Geld zu verdienen. Ich bewunderte die Kraft und den Mut dieser Frauen und Kinder, die den Kontinent durchquerten, mit ihren kleinen Geschwistern auf den Schultern oder in den Armen. Ihre Geschichte war es, die mich interessierte und die mich auf die Spur von Lucy Whipple und ihrer Mutter brachte.

Kalifornien selbst war schon seit dem 17. Jahrhundert ein mythisches Land, das nach der sagenhaften Königin Calafia, der Herrscherin einer geheimnisvollen, von großen bronzehäutigen Amazonen bewohnten Insel, benannt wurde. Spanische Eroberer, die einer Landkarte folgten, auf der Kalifornien als Insel im Pazifik dargestellt war, kamen hierher auf der Suche nach den legendären sieben Städten von Cibola, dem Königreich von La Gran Quivara und dem sagenumwobenen El Dorado, die alle unermesslichen Reichtum bergen sollten und wo sogar die Küchengerätschaften aus Gold waren.

Der Mythos berichtet auch, dass die Spanier das Land, das wir als Kalifornien kennen, »entdeckten«. Aber in Wirklichkeit war es längst von den indigenen, also den einheimischen Völkern entdeckt worden, die seit hunderten – vielleicht auch seit tausenden – von Jahren dort gelebt hatten. Die Spanier trafen auf sie, warfen sie nieder und versklavten sie, und dann revoltierte Mexiko gegen Spanien und beanspruchte Kalifornien für sich.

Der Mythos, die Amerikaner hätten Kalifornien »besiedelt«, steht im Widerspruch zu den historischen Tatsachen. In Wahrheit haben die Vereinigten Staaten, unter Verletzung ihres eigenen Vertrages, Kalifornien erobert und von den Mexikanern annektiert, die es den Spaniern weggenommen hatten. Am meisten litten die kalifornischen Indianer unter den Machtkämpfen; zu Beginn des 18. Jahrhunderts lebten noch 360.000 von ihnen, um 1900 waren es nur noch 15.000. Die Maidu, die das Gebiet des Goldrausches bevölkerten, zählten 9.000, bevor die Weißen kamen. Um 1856 waren 6.000 Maidu ausgerottet oder vertrieben. Die eingeborenen Kalifornier verloren ihr Land, hatten keine Bürgerrechte im neuen Staat Kalifornien und wurden unterworfen, versklavt oder starben gewaltsam oder an Krankheiten.

Auch die Goldklumpen, die in den Flüssen und in den Bergen Kaliforniens zu finden sein sollten, waren ein Mythos. Die Vorstellung, schnell und einfach zu Gold zu kommen, war ein Trugbild, das bis zum Jahr 1853 mehr als 300.000 Menschen nach Kalifornien gelockt hatte.

Die meisten Ankömmlinge suchten nach Gold und hatten nicht vor, sich häuslich niederzulassen. Als sie merkten, dass die Goldsuche mit harter Arbeit verbunden war und das kostbare

Metall nicht einfach auf der Straße lag, verließ die Mehrzahl das Land. 90 Prozent der Bevölkerung von Grass Valley, einer typischen Goldgräberstadt von 1850, waren schon 1856 wieder verschwunden. Diejenigen, die blieben, wurden Kalifornier. Sie eröffneten Kaufläden und verarbeiteten Holz und Ziegel und richteten Eisengießereien ein. Sie gründeten Zeitschriften und Banken oder wurden Lehrer und Farmer.

Der Mythos besagte auch, dass die Goldgräberei alle auf die gleiche Stufe stellte. Vermutlich spielten Familienhintergrund, Erziehung und Aussehen wirklich keine große Rolle: Jeder konnte ja plötzlich reich werden. Aber in Wirklichkeit erstreckte sich diese Gleichheit nicht auf die Menschen, die nicht weiß oder keine Amerikaner waren. Die Geschichte des Goldrauschs ist voll von Geschichten über Aufruhr, Kampf und Mord, nicht nur um des Goldes willen, sondern auch wegen Rasse und Hautfarbe. Die Sklavengesetze (Fugitive Slave Laws) hinderten die Schwarzen daran, die Freiheit zu suchen, und die repressive Foreign Miners' Tax (Steuer für ausländische Goldgräber) wurde vor allem Goldsuchern aus China oder Spanien auferlegt.

Es stellte sich heraus, dass das wahre Gold in Kalifornien sein reiches fruchtbares Land war. Die Farmen, Viehzucht-Ranches und Orangenhaine der neuen Kalifornier entwickelten sich zu den heutigen riesigen Agrarunternehmen.

Der Goldrausch, der Hunderttausende dazu veranlasste, das Land zu besiedeln und auszubeuten, brachte auch ökologische Verheerungen mit sich. Die Goldgräber wühlten den Boden auf und hinterließen Berge von Abfällen und rostigen Geräten. Flussbetten wurden durch Baggerarbeiten zerstört. Unmengen von Wasser trommelten aus riesigen Schläuchen auf die Berghänge und ließen Flüsse verschlammen. Berge wurden abgetragen und Flussläufe umgeleitet. Viele Jahre gedankenloser Verschwendung und Verschmutzung schädigten und zerstörten Flora und Fauna und die natürlichen Ressourcen. Große Teile Kaliforniens wurden verwüstet, verbraucht, dem Sterben preisgegeben.

Die Aussicht auf das schnelle Geld, die der Goldrausch versprach, beeinflusste – ob Mythos oder nicht – die Wertvorstellungen und Erwartungen der Menschen. Auch hier manifestierte sich der für das 19. Jahrhundert typische Glaube, dass in Amerika jeder reich werden könne. Die alte Heimat mit ihrem starren ökonomischen und sozialen Klassensystem war überholt. Die Amerikaner glaubten, sie hätten die Freiheit, sich ihre Lebensform selbst zu wählen und ihre Lebensbedingungen zu verbessern.

Politiker und Prediger behaupteten, die Neue Welt böte Reichtümer im Überfluss, und die optimistischen und opportunistischen Amerikaner griffen danach. Jene, die sich auf Goldsuche begaben, glaubten, sie hätten ein Recht auf das Land und seine Schätze, gleichgültig, wem es vorher gehört hatte.

Vielleicht noch mehr als das Gold war es das Versprechen reicher Möglichkeiten, das so viele Menschen nach Kalifornien lockte. 1850 war Kalifornien so stark bevölkert und mächtig und erschien den Vereinigten Staaten so erstrebenswert, dass es zum einunddreißigsten Staat der Union ernannt wurde, der einzige Staat im Westen, der nicht zuerst den Status eines Territoriums gehabt hatte.

All die unterschiedlichen Menschen, die nach Kalifornien kamen, brachten eine Vielfalt der Kulturen – und Kultur an sich ins Land. Es zog nicht nur die Bewohner der angrenzenden westlichen Staaten an, sondern auch solche aus dem Osten, aus dem Mittleren Westen und dem Süden, außerdem Europäer, Asiaten, Süd- und Zentralamerikaner – eine Mischung von Menschen aus aller Welt, die ihre eigenen kulturellen Einflüsse geltend machten. Zeitschriften, Literatur, Theater und Oper blühten auf, was für ein Gebiet an der Grenze der Zivilisation überraschend ist.

Diese Kulturverpflanzung brachte als eine ihrer Früchte die Bibliothek hervor. In Neu-England hatte es schon ein Jahrhundert lang Bibliotheken mit Ausleihe gegen Gebühr, in Versammlungsräumen und Kaffeehäusern gegeben. 1834 wurde in Peterborough, New Hampshire, die erste gebührenfreie öffentliche Bibliothek der Vereinigten Staaten eröffnet. Die neuen Bewohner des Westens, die wie Lucy mit den Bibliotheken in den Oststaaten aufgewachsen waren, taten alles, um sie auch in Kalifornien einzubürgern. In manchen Goldrausch-Städten entstanden schon 1849 Büchereien.

Lucy Whipple ist eine typische Vertreterin der Goldrausch-Pioniere. Sie kam nach Kalifornien, um reich zu werden und um wieder wegzugehen; aber sie blieb, schließlich doch eingenommen von Land und Leuten, und wurde eine Kalifornierin, die ihre neue Heimat durch die Erfahrungen, die Kultur und die Erwartungen, die sie mitgebracht hatte, bereicherte.

Ich habe in diesem Buch versucht, die für das Kalifornien von 1850 zeitgemäße Sprache, die typischen Ideen und Einstellungen der damaligen Zeit einzubringen. Von Afro-Amerikanern wird beispielsweise von Farbigen und nicht von Schwarzen oder Negern gesprochen, Bezeichnungen, die damals als abschätzig galten. Slang, Kraftausdrücke und ungewohnte Wendungen habe ich folgenden Nachschlagewerken entnommen: *Wicked Words: A Treasury of Curses, Insults, Put-Downs, and Other Formerly Unprintable Terms* von Hugh Rawson (Crown Publishers, New York 1989); *Cowboy Slang* von Edgar D. »Frosty« Potter (Golden West Publishers, 1986); und *The Writer's Guide to Everyday Life in the 1800s* von Marc McCutcheon (Writers' Digest Books, 1993).

Es gibt unzählige Bücher über den kalifornischen Goldrausch, aber nur wenige von ihnen beschäftigen sich mit den Kindern der damaligen Zeit. Besonders hilfreich waren mir folgende Bücher über Kalifornien:

Chauncey Canfield: *The Diary of a Forty-Niner.* Turtle Point Press, 1992.

»Dame Shirley«: *The Shirley Letters from the California Mines.* Knopf, New York 1965.

Joy Hakim: *A History of Us, Book Five: Liberty for All?* Oxford University Press, 1994.

Robert F. Heizer und Albert B. Elsasser: *The Natural World of the California Indians.* University of California Press, 1980.

Joseph Henry Jackson: *Anybody's Gold: The History of Californias's Mining Towns.* Chronicle, 1970.

Joann Levy: *They Saw the Elephant: Women in the California Gold Rush.* Archon, 1990.

Remi Nadeau: *Ghost Towns and Mining Camps of California.* Crest, 1992.

Petra Press: *A Multicultural Portrait of the Move West.* Marshall Cavendish, London 1994.

Sarah Royce: *A Frontier Lady.* University of Nebraska Press, 1932.

Lillian Schlissel: *Women's Diaries of the Westward Journey.* Schocken, New York 1992.

Elliott West: *Growing Up with the Country: Childhood on the Far Western Frontier.* University of New Mexico Press, 1989.

Der amerikanische Präsident James K. Polk bezeichnete die kalifornischen Goldfunde als »Entdeckung des Jahrhunderts«. Für einen der frühen Goldgräber bedeutete Gold: »Marmorschlösser … Tausende von Sklaven … Myriaden schöner Jungfrauen, die um meine Liebe wetteifern«. Der weise

Sioux Black Elk nannte Gold das gelbe Metall, das den weißen Mann verrückt macht. Ich denke, vielleicht hatten sie alle Recht.

DIE AUTORIN

Karen Cushman stammt aus Chicago, Illinois. Sie studierte Geschichte und Museumspädagogik und ist heute Dozentin an der John F. Kennedy-Universität in San Francisco.

Im Gabriel Verlag bisher erschienen: »Alyce und keine andere«. Dieses Buch wurde 1995 mit dem bedeutendsten amerikanischen Kinder- und Jugendbuchpreis, der Newbery Medal, ausgezeichnet.

Weitere Auszeichnungen: »Die besten 7« (Deutschland Radio); Die Silberne Feder, Auswahlliste.

INHALT